그리하면

살리라

여호와께서 이스라엘 족속에게 이와 같이 말씀하시기를 너희는 나를 찾으라 그리하면 살리라
벧엘을 찾지 말며 길갈로 들어가지 말며 브엘세바로도 나아가지 말라 길갈은 반드시 사로잡
히겠고 벧엘은 비참하게 될 것임이라 하셨나니
너희는 여호와를 찾으라 그리하면 살리라 그렇지 않으면 그가 불같이 요셉의 집에 임하여 멸
하시리니 벧엘에서 그 불들을 끌 자가 없으리라
(아모스 5장 4~6절. 개역개정. 성경전서. 대한성서공회)

코로나19 이후
혼란과 불안의 시대를
살아가는 우리들의 이야기

그리하면 살리라

마재영 에세이 2집

너희는 여호와를 찾으라 그리하면 살리라(아모스 5:6 중에서)

좋은땅

차례

──── 이야기 1 ────
그리하면 살리라

• 이야기 2 •

사랑의 천국, 가정

— 이야기 3 —

우리가 누리고 산 것은

이야기 1
그리하면 살리라

그리하면 살리라

사람들은 이 시대를 4차 산업 혁명 시대라고 한다. 지금 인류는 역사상 가장 발전된 최첨단 과학시대를 살고 있다. 이 지구에서 캄캄한 밤하늘에서만 볼 수 있는 저 환상의 별들의 세계를 머지않아 우주선 타고 여행할 꿈을 꾸며 살아가는 세상이다. 그러나 이 발전되고 풍성한 번영의 시대에서 인류는 얼마나 평안하고 행복한가?

온 세계는 지금 코로나19같이 새롭게 발생한 질병과 싸우고 예측불허의 자연재해와 싸우고 곧 터질 것 같은 강대국 간의 경쟁과 대결 양상은 전 세계를 늘 불안하게 하고 있다. 그뿐 아니다. 사회적으로는 거짓과 부패가 만연하고 점점 살기 어려워진 국민들은 물론이요 특히 젊은 세대들도 자신의 미래를 어떻게 살아야 할지 걱정이 태산이다. 마음 아픈 현실이다. 지금은 온 지구촌이 지역과 세대를 초월하여 매우 불안하고 어려운 시기를 살아가고 있는 것 같다.

여호와께서 이스라엘 족속에게 이와 같이 말씀하시기를 너희는 나를 찾으라 그리하면 살리라

벧엘을 찾지 말며 길갈로 들어가지 말며 브엘세바로도 나아가지 말라 길갈은 반드시 사로잡히겠고 벧엘은 비참하게 될 것임이라 하셨나니

너희는 여호와를 찾으라 그리하면 살리라 그렇지 않으면 그가 불같이 요셉의 집에 임하여 멸하시리니 벧엘에서 그 불들을 끌 자가 없으리라 (아모스 5장 4~6절. 개역개정. 성경전서. 대한성서공회)

예배 한 번 드리기 위해

온 세상 지구촌은 하나님께 예배드릴 예배 장소입니다. 온 인류는 하나님을 경배해야 할 예배자입니다. 여호와 하나님 지체하지 마옵소서.

혹시 예배를 드리지 못한 고통을 느껴 본 적이 있습니까.

주일날인데 교회를 갈 수 없고 예배를 드릴 수 없는 처지가 되어 본 적이 있습니까.

혹시 성경말씀을 읽을 수 없고 들을 수도 없고 기도조차 할 수 없는 상황을 겪어 본 적이 있습니까.

우리들은 감히 상상할 수 없는 일이지만 오늘 이 시간도 이러한 환경에 처한 성도들이 많습니다. 그들은 예배 한 번 드리기 위해 목숨을 걸어야 합니다. 예배 한 번 드리다가 그 자리에서 죽임을 당하기도 합니다. 그래도 또 예배를 드립니다. 예배를 드리지 않고는 살 수 없기 때문입니다.

5절 내 영혼아 네가 어찌하여 낙망하며 어찌하여 내 속에서 불안하여 하

는고 너는 하나님을 바라라 그 얼굴의 도우심을 인하여 내가 오히려 찬송하리로다

11절 내 영혼아 네가 어찌하여 낙망하며 어찌하여 내 속에서 불안하여 하는고 너는 하나님을 바라라 나는 내 얼굴을 도우시는 내 하나님을 오히려 찬송하리로다
(시편 42장 5절, 11절. 개역한글. 성경전서. 대한성서공회)

5절 내 영혼아 네가 어찌하여 낙망하며 어찌하여 내 속에서 불안하여 하는고 너는 하나님을 바라라 나는 내 얼굴을 도우시는 내 하나님을 오히려 찬송하리로다
(시편 43장 5절. 개역한글. 성경전서. 대한성서공회)

주여, 기도를 놓지 않게

여호와 하나님 이제 나이 들어 육신은 쇠잔하여 밤새도록 무릎 꿇을 만한 힘도 그렇게 부르짖던 기도도 힘에 부칩니다. 인간은 어찌 이리 잠깐 살면서 꿀을 혀에 묻혀 그 맛을 느끼기도 전에 시들어 가는지요. 주여 땅이 흔들리도록 하나님의 이름을 부르며 기도할 때 담대함을 얻었습니다. 단 며칠간의 금식기도일지라도 그때에 내 온몸과 내 영혼을 만져 주신 그 기쁨을 잊지 못합니다.

여호와 하나님, 이름만 불러도 위로와 평안을 주셨고 이 세상의 모든 염려 근심 걱정 두려움을 이길 수 있는 힘과 믿음을 주셨습니다. 기도할 때 비로소 얼음장같이 차가운 내 가슴에 뜨거운 사랑과 눈물을 쏟게 해 주셨고, 기도조차 할 수 없는 황당한 일을 당했을 때에도 그래서 더욱 기도해야 한다고 격려해 주셨습니다.

기도할 때 비로소 내가 얼마나 악하고 더러운 죄를 행하였는지 제 스스로 보지 못한 죄까지도 보게 하시고, 내 부정한 입술로 감히 거룩하신 하나님의 이름을 부를 수 없는 이 죄인이지만 회개할 수 있도록 참으시고 기다려 주셨습니다. 그때마다 다시 주여! 외치며 담대함으로 간구할 용기를 주셨습니다.

불편한 일로 힘들어하는 친구에게 이웃에게 용서를 구하고 내 자신도 그들을 이해하고 용서해 줄 수 있는 마음도 주셨습니다. 그동안 여러 사람들과의 오해와 잘못들이 바로 옹졸한 나에게 있음을 깨닫게 해 주셨습니다. 기도를 통해 하나님의 음성을 듣고 그 말씀이 내 영혼의 양식이 되게 하셨습니다.

여호와 하나님, 이 시대에 우리 믿음의 기도를 통해 이루어야 할 하나님의 일들이 있습니다. 하나님께서 성경에 약속하신 말씀대로 이제는 주님의 오심을 바라봅니다. 그러나 날이 갈수록 하나님의 뜻을 방해하고 대적하는 악한 세력들이 얼마나 강력한지 하나님께서 아십니다. 더 강한 힘으로 물질로 세속 문화로 공격합니다. 온 세상 사람들이 정신을 잃고 환호할 만큼 강력해진 대중문화는 우리 어린 아이들과 청소년들까지 심각하게 유혹하고 있습니다. 우리 청소년들이 빛의 자녀로 소명자로 일어서도록 성령님 도와주옵소서.

하나님, 이전에 한국 교회 가슴마다 불같이 타올랐던 예수그리스도의 복음을 다시 한번 회복시켜 주옵소서. 우리에게 다시 한번 기회를 주옵소서. 우리를 다시 기도의 불로 성령의 불로 사랑의 불로 복음의 불로 이 시대의 사명을 감당케 하옵소서.

어서 속히 온 세상 모든 열방이 예수를 믿고 하나님의 구원이 이루어지도록 성령님 도와주옵소서. 이 역사의 한 귀퉁이에서라도 저희의 떨리는 무릎을 꿇고 엎드려 기도할 수 있는 믿음을 주옵소서. 여호와 우리 하나님, 우리에게 다시 한번 믿음의 기도를 쉬지 않도록 기회를 베풀어 주옵소서.

만물의 마지막이 가까왔으니 그러므로 너희는 정신을 차리고 근신하여 기도하라

(베드로전서 4장 7절. 개역한글. 성경전서. 대한성서공회)

섬김이란

십자가보다 더 낮은 섬김은 없다. 공중에 매달려 희롱당할 만큼 낮아질 수 있는가.

땅 속 무덤보다 더 낮아질 수 있는가? 신으로서 어찌 그리할 수 있을까?

예수님의 일생은 섬김의 삶이셨다. 예수님 가는 곳마다 모여든 수많은 사람들을 불쌍히 여기시며 천국 복음을 전하시고 병든 자를 고쳐 주시고 주린 자를 배불리 먹이시고 억울한 자를 자유케 하시고 그들과 함께 눈물을 흘리시며 그들의 고통을 함께 나누셨다. 예수님은 섬김을 받으려 하지 않으셨다(마태복음 20장 28절).

섬김의 삶이란 사회적으로 아무 힘없는 가난한 사람들이나 소외된 사람들을 무시하거나 무관심하지 않고 오히려 한 영혼을 천하보다 귀하게 여기고 그들을 사랑하며 그들에게 복음을 전파하고 구원을 베푸신 예수그리스도의 삶이다. 예수님은 온 세상을 사랑으로 섬김의 삶을 이루셨고 온 세상을 구원하기 위해 십자가에서 죽기까지 자신을 바쳤다.

어떻게 그러한 삶을 살 수 있을까?

하나님의 말씀대로 살려고 애쓰지만 그러나 어렵고 소외된 자들을 위해 섬김의 삶을 산다는 것은 그렇게 쉬운 일이 아니다. 예수님은 예수님을 따르는 그의 제자들 앞에서까지 무릎을 꿇고 허리를 굽혀 그들의 발을 씻기시며 "인자가 온 것은 섬김을 받으려 함이 아니라 도리어 섬기려 하고 자기 목숨을 많은 사람의 대속물로 주려 함이니라"(마태복음 20장 28절)고 충격적이고 놀라운 말씀을 하셨다.

예수님은 거짓과 부정부패 탐욕과 음란 우상 등 죄악으로 가득한 이 세상을 구원하기 위해 자신을 대속물로 내어 주셨다. 예수님께서는 죄인들이 지옥 형벌의 심판을 받지 않고 영원한 생명으로 구원받는 이 일에 일생을 다하셨다. 이는 예수를 믿고 구원 얻은 우리 그리스도인들이 이 세상 사는 동안 꿈꾸고 살아야 할 사명이 아닌가 마음을 가다듬어 본다.

이것이 이 세상이 더 혼란해지기 전에 예수를 알지 못하고 세상을 떠난 영혼들이 더 많아지기 전에 아직 복음의 문이 닫히기 전에 구원받은 그리스도인이라면 이제는 온 세상 땅 끝 마지막 미전도 종족의 한 영혼까지 찾아내어 더 이상 지체하지 말고 서둘러 천국 복음을 전해야 하지 않을까 점점 더 조급한 마음이 든다. 이것이 전도이고 선교이고 하나님을 사랑하고 이웃을 사랑하는 복음적인 삶이 아닐까요. "하나님을 찬미하며 또 온 백성에게 칭송을 받으니 주께서 구원받는 사람을 날마다 더하게 하시니라"(사도행전 2장 47절) "온 백성에게 칭송을 받으니"라는 말씀이 의미 있게 다가온다.

예수께서 앉으사 열두 제자를 불러서 이르시되 아무든지 첫째가 되고자 하면 뭇사람의 끝이 되며 뭇사람을 섬기는 자가 되어야 하리라 하시고
　(마가복음 9장 35절. 개역한글. 성경전서. 대한성서공회)

믿음의 본을 따라

불과 일 년 전의 세상과 일 년 후의 세상이 얼마나 어떻게 변한 것 같은가? 오십 년 혹은 삼십 년 전 세상과 오늘의 세상은 무엇이 얼마나 변한 것 같은가?

정말이지 이 세상이 너무 급변하고 있음을 실감하게 된다. 정말이지 십 년이면 강산도 변한 것이 아니라 하루 이틀이면 강산도 변한다는 게 더 현실적인 말 같다. 우리 같은 시니어 세대는 농경사회 가족 중심의 단순한 사회에서 태어나고 성장하였으나 불과 50년의 한 세대가 지난 오늘의 시대를 둘러보라. 이제는 그 흔적조차도 찾아볼 수 없으리만큼 모든 생활환경이 크게 달라졌다. 우리나라가 전통적인 농경사회에서 산업화 사회로 발전하면서 경제적 성장을 이루게 되었고 국가 사회 전반에 놀라운 변화가 일어난 것이다. 따라서 우리들의 사고방식 가치관에도 크나큰 영향을 끼치게 되었다.

우리나라의 급속한 경제적 발전은 국민들의 생활수준뿐 아니라 우리의 신앙생활도 교회도 양적 질적으로 놀라운 부흥과 성장을 이루었다. 그러나 반면에 우리 믿음의 선배들이 생명처럼 지키고 살았던 믿음과 순교적 신앙을 계승하지 못한 부분 또한 크다고 할 수 있을 것이다. 다시 말하면 이 말세적 시대에 거룩하고 순결한 성도로서의 복음적인 삶을 살지 못하고 오히려 부끄러운 모습을 보일 때도 많다는 것이다. 부디 이 마지막 때에 우리 믿음의 선배들이 삶으로 살았던 그 피 흘림과 눈물의 기도와 선교적 소명과 열정이 오늘 우리 안에 다시 일어나기를 기대하고 소원한다.

무엇보다 물질적 관심이나 유혹이 많은 이 시대에 먼저 하나님을 더 사모하고 가까이 하며 하나님께서 주신 성령의 능력으로 하나님의 일을 감당할 수 있도록 도와주옵소서.

주여, 우리에게 필요한 모든 필요들을 하나님께서 채워 주심을 믿고, 돈을 숭배하거나 돈을 사랑하지 않게 하옵소서. 오늘의 기도제목으로 올립니다.

네가 이것을 알라 말세에 고통하는 때가 이르리니

사람들은 자기를 사랑하며 돈을 사랑하며 자긍하며 교만하며 훼방하며 부모를 거역하며 감사치 아니하며 거룩하지 아니하며, 무정하며 원통함을 풀지 아니하며 참소하며 절제하지 못하며 사나우며 선한 것을 좋아 아니하며, 배반하여 팔며 조급하며 자고하며 쾌락을 사랑하기를 하나님 사랑하는 것보다 더하며, 경건의 모양은 있으나 경건의 능력은 부인하는 자니 이 같은 자들에게서 네가 돌아서라

(디모데후서 3장 1~5절. 개역한글. 성경전서. 대한성서공회)

그리하면 살리라

비 오는 날이면

올해처럼 견디기 힘들 정도로 무더웠던 여름도 100년 만에 갑자기 퍼붓는 폭우로 경기도 서울 등 중부지방에 큰 피해를 2022년 여름의 흔적으로 남겨 놓은 채 오늘은 올 여름을 떠나보내려는 듯 새벽부터 시원한 비가 주룩주룩 내린다.

나는 유난히도 비가 오는 날이면 좋다. 더구나 여름날 온종일 주룩주룩 비가 내리면 너무 시원하고 좋다. 산과 들에 푸르른 나무들이나 곡식들 거리마다 푸른 가로수와 공원의 온갖 화초들이 쏟아지는 비를 맞고 생기 넘치는 모습을 보고 있노라면 내 자신도 덩달아 생기가 넘치는 것 같아서 너무 좋다. 그뿐 아니다. 메마른 땅들이 시원한 비를 맞고 땅속에 숨어 있던 생명들이 마구 솟아 나와 세상이 활력으로 넘치는 것 같다. 많은 비를 잔뜩 머금은 검은 구름 때는 바로 우리 머리 위에까지 내려와서 우리의 복잡한 마음과 온 세상의 더러움을 깨끗이 씻고 또 씻어 주는 것 같다.

나는 비오는 날이 그냥 좋다. 주룩주룩 비가 오면 참 좋다. 웅덩이

마다 빗물이 채워지고 메마른 냇가에 드디어 물이 졸졸 흐르기 시작한다. 비가 오는 날이면 마음이 설레고 오늘은 꼭 누군가를 만날 것 같은 기다리는 마음이 일어나고 꼭 만나고 싶은 그리운 얼굴들이 자꾸 자꾸 떠오른다. 비오는 날이 언제부터 왜 좋아졌는지는 잘 모르겠다. 아마도 시골에서 자라면서 비오는 날에도 소를 몰고 동네 뒷산에서 친구들과 보냈던 어린 시절의 추억인지 비오는 날에도 별 상관없이 바닷가에 나가 지치도록 해수욕하고 조개도 잡고 그렇게 자연과 함께 살았던 어릴 적 정서가 있어서인지 모르겠다.

아침부터 저녁까지 온종일 쉬지 않고 주룩주룩 비가 오는 날이면 그날만큼은 모든 일 제쳐 두고 우산을 챙겨 들고 어디라도 한번 나갔다 와야 마음이 안정될 것 같다. 저 푸르른 산과 들 끝없이 펼쳐진 수평선 바다를 바라보며 내 머릿속에 겹겹이 쌓인 긴장의 옷을 홀랑 벗어 버리고 비와 함께 저 구름 위를 날아오르고 싶다.

오늘 아침은 아내와 마음이 딱 통했다. 태화강국가정원을 바라보며 마지막 여름비가 만들어 준 이 좋은 아침, 안개로 허리를 두른 앞산을 바라보고 공원길을 오고가는 울긋불긋 우산들을 보며 탁자에 마주앉아 빵을 굽고 어제 태화장에서 사 온 포도 한 송이 그리고 따뜻한 커피를 나누며 감사기도를 드린다. 주여 우리도 저 주룩주룩 쏟아지는 비처럼 메마른 영혼들에게 단비처럼 살도록 도와주옵소서.

그리하면 살리라

당신의 생각은?

〈그때의 기도〉

하나님을 모르는 이 사람이 하나님 만나기를 기도합니다.

〈오늘의 기도〉

하나님을 아는 이 중직자가 하나님 만나기를 기도합니다.

보릿고개를 넘어

이제는 내가 배부르니 벌써 그 시절을 잊어버린 것이다. 벌써 사랑이 메말라 버린 것이다.

지금까지 너무 많이 흔들렸다. 정신없이 흔들려 나를 잃고 나뒹굴어진 때가 얼마나 많았는지?

이제만이라도 그만 내려놓자 그동안의 굴곡 많았던 시절로도 충분하지 않은가? 아직 보릿고개가 시퍼렇게 살아 있던 그 시절 대부분은 살아남기 위해 현기증이 날 정도로 해매고 돌아다녔다. 그 어린 시절 우리는 굶고 사는 것에 자연스럽게 익숙해 있었다. 당연히 사람들은 누구나 다 그렇게 굶고 사는 줄 알았다. 바로 우리 부모 우리 형제들의 서러웠던 이야기이다. 그렇다. 이곳저곳에서 눈치로 버티며 살았던 바로 그 고난의 시대 이야기는 온밤을 지새도 부족할 뿐이다.

아직도 그때의 우리가 이렇게 살아 있는 한 잊혀질 수 없는 이 시대의 산 역사이다. 눈에 넣어도 아프지 않을 금쪽같은 자식들이 이집 저 집에서 굶어 죽고 병들어 죽었다. 마을에 자동차가 없는 시대

그리하면 살리라

라 갑자기 토하고 열이 오른 아기를 업고 이웃동네 한약방 할아버지를 찾아가려고 마을 뒷산 지름길을 뛰어가다가 축 늘어진 자식을 안고 통곡했던 어머니는 평생을 가슴에 묻고 비만 오면 그 자식 이름을 부르며 미친 사람처럼 살았다. 우리 동네 어귀를 지나면 돌로 쌓은 애기들 돌무덤이 수십 개가 모여 있다.

내 젊은 시절이 바로 엊그제 같다. 자기 형제들이지만 다 자기가 알아서 살아야 했던 매정한 시절이었다. 우리 형님들의 시대는 바로 월남전쟁의 세대들이다. 우리나라와 우리 민족과 우리 가족과 아무 상관없는 이방의 나라 멀고 먼 월남전쟁터에 우리 청년들이 젊음을 바쳐 참전한 것이다. 다른 나라의 전쟁터로 보낸 부모의 심정을 생각해 본 적이 있는가? 몇 달 동안 배를 타고 마지막일지 모를 고국을 떠나 전쟁터로 떠나는 군인들을 생각해 보라. 요즘 젊은이들이 여름휴가를 즐기기 위해 베트남 다낭으로 하노이로 들뜬 기분으로 비행기를 타고 관광을 떠나는 청년들이여 그곳을 가거들랑 그 땅 어디엔가 피 흘리며 고향의 어머니를 부르다 생명을 바쳤을 고국의 청년들을 잠깐이라도 생각해 보라.

우리는 같은 나라에서 태어나 같은 나라에서 자란 같은 나라의 자손들이다. 오늘 우리가 이렇게나마 허리 펴고 살 수 있는 것은 우리 조상들과 선배들의 피 흘리는 역사가 있었다. 불과 몇십 년 전의 일이다. 조상들의 지난 역사를 잊지 말고 더욱 더 겸손해지자. 이웃에게 따뜻한 인사라도 건네고 살자.

나의 부르심은

부르심을 받는다는 것은 나의 존재를 초청받은 일대 사건이다. 하나님께서 나를 추천하신 것이다. 하나님은 영원하시다. 하나님은 전능하신 분이다. 하나님은 변치 않은 분이시다.

하나님은 오늘도 어떤 사람에게는 출애굽의 역사를 행하신다. 깊은 바다 한가운데 마른 길을 만들어 걷게 하신다. 또 어떤 사람에게는 구름기둥과 불기둥으로 인도하신다. 어떤 사람에게는 광야에서 고난의 삶을 살게 하신다. 그렇게 지금도 하나님은 하나님의 때에 하나님의 사람들과 함께 하나님의 일을 행하고 계신다.

하나님은 오늘도 어떤 사람에겐 '사무엘아 사무엘아' 부르신다. 또 누구에겐 '예레미아야'로 어떤 이에게는 '호세야'로 부르신다. 하나님은 오늘도 사나운 들짐승이 득실거리는 깊은 산속에서 목숨 걸고 양을 지키는 목동 다윗을 찾고 계신다. 하나님은 지금도 누군가를 베드로로 바울로 스데반으로 찾고 계신다. 하나님께서는 아무리 시대가 변하고 환경이 변하고 역사가 변해도 여전히 때에 따라 하나님의 사람들을 부르시고 계신다.

여호와 하나님께서 선포하신 말씀은 오늘 이 시간도 때에 따라 하님의 부르심을 받은 믿음의 사람들과 함께 한 치의 오차 없이 이루어 가고 계신다. 이 마지막 때에 나는 오늘 무엇을 믿고 무엇을 소원하며 기도하고 있는가 자신을 돌아본다. 하나님의 나라는 언제 이루어질 것인가? 코로나19가 창궐한 이 혼란한 시대에 나의 부르심은 무엇인가? 두려운 마음으로 엎드린다.

그러므로 주 안에서 갇힌 내가 너희를 권하노니 너희가 부르심을 입은 부름에 합당하게 행하여 모든 겸손과 온유로 하고 오래 참음으로 사랑 가운데서 서로 용납하고, 평안의 매는 줄로 성령의 하나 되게 하신 것을 힘써 지키라, 몸이 하나이요 성령이 하나이니 이와 같이 너희가 부르심의 한 소망 안에서 부르심을 입었느니라

(에베소서 4장 1절~4절. 개역한글. 성경전서. 대한성서공회)

저녁이 오는 시간

온종일 열정으로 불타던 해가 서서히 서산에 지면 아침에 바쁘게 집을 나섰던 사람들이 하던 일을 멈추고 집으로 돌아옵니다. 아침에 나갈 때는 더러는 정신없이 바쁘게 뛰어나갔을지도 모르지만 저녁이 되어 집으로 돌아올 때는 한결 가볍고 여유로운 시간을 만끽하며 가족들이 기다리는 사랑의 품으로 돌아옵니다.

다들 오늘도 무사했느냐 안부를 물으며 오늘 하루 중에 있었던 이런저런 이야기를 나누고 서로의 수고를 격려하며 저녁 식탁에 둘러앉아 마음의 위로와 평안으로 서로를 치유하며 오늘의 피로를 풀어봅니다. 이렇게 세상 속에서 어렵고 고단한 삶이지만 저녁이 오는 시간이 있고 돌아오면 맞이해 줄 따뜻한 가족이 있어 얼마나 감사한지 오늘도 축복의 저녁 시간을 맞이합니다.

아침이 오는 시간은 긴장을 주는 시간일지 모르지만 저녁이 오는 시간은 자유와 안식을 그리고 하루 종일 긴장으로 움츠렸던 몸과 마음을 풀고 다시 용기를 회복하는 시간이요, 내일을 맞이하기 위한 새로운 에너지를 충전하는 시간이 되기도 합니다. 저녁이 오는 시간은 온종일 세상을 비추던 태양도 그 강열했던 불을 끄고 잠자리로 돌아가는 시간이요, 온 세상을 고요한 밤으로 만들어 주는 안식의 시간이 되기도 합니다. 그리고 태양은 내일 아침 온 세상보다 먼저 일어나 눈부신 얼굴로 우리들을 다시 깨워 줄 것입니다. 이렇게 저녁은 또 내일 아침을 위한 시간이 되기도 합니다.

지금은 저녁이 오는 시간입니다. 낮에만 할 수 있는 일이 있듯이 밤에만 이룰 수 있는 일이 있습니다. 밤이 없으면 온종일 햇빛과 바람으로 달궈진 식물들도, 두 날개가 다 늘어질 듯 피곤한 산새 무리들도, 사람들도 자동차들도 쉴 수가 없습니다. 이렇게 어두운 밤은 그 자체만으로도 아침보다 조금은 여유롭고 포근한 시간입니다. 또한 밤만이 줄 수 있는 선물이 있습니다. 밤이 아니면 저 밤하늘의 별들이며 은하수며 달을 볼 수 없으며 온갖 휘황찬란한 도시의 밤도 등대 불 깜박이는 밤바다도 볼 수 없습니다. 저녁이 오는 시간, 또 하루를 잘 살았다는 감사와 축복의 시간이기도 합니다.
오늘 하루도 정말 고생 많으셨습니다.

그래서 인간인가?

인간은 아무리 완전하려고 해도 완전할 수 없다.

어느 인간이 완전할 수 있겠는가.

누군들 건강하고 평안한 삶을 꿈꾸지 않겠는가.

누군들 서로 돕고 사랑하고 나누며 살고 싶지 않겠는가.

누군들 이 국가 사회에 큰 업적을 남기고 싶지 않겠는가.

누군들 이 세상에서 여유를 누리고 싶지 않겠는가.

그러나 머지않아 곧 깨닫게 된다.

인생길에서 내가 얼마나 연약한 존재인지 실수가 많은지 뼛속 깊이 느끼며 산다.

자기 자신도 신뢰하지 못하고 미워한 적이 얼마나 많은가.

때론 자기 자신의 무능함에 거짓됨에 스스로 놀라기도 한다.

부부끼리도 때로는 서슴없이 미워하고 싸우기도 한다.

얼마나 사람을 기만하고 사랑을 더럽히고 용서를 비웃고 사는가.

이제는 낙태도 이혼도 불륜도 동성애도 죄악이 아닌 듯 살고 싶어 한다.

성스러운 성소 안에서 음란이 행해지고 욕설이 난무한 세상이다.

하나님 앞에서는 다 성스러운 곳이다.

인간이 얼마나 악해질 수 있는지 쉽사리 볼 수 있는 세상이다.

사람이 좋아 사람을 사랑하고 좋아하고 존경했던 시절이 있었다. 적어도 의리까지 정의까지는 아니더라도 참으로 사람이 전부인 때도 있었다. 그 사람들은 부자가 아니어도 출세한 사람들이 아니어도 한 가족처럼 형제처럼 살았다.

그 사람만 있으면 마냥 기쁘고 행복했다.

그러나 언제부터인가 추억 같은 이야기가 되었다.

사람을 좋아하다 실망할 수가 있다. 심지어 한평생을 고통 속에 살기도 한다. 그 사람이 가족이나 친구일 수도 있다. 이것이 사람의 한계이다. 그 사람이 당신이 될 수 있고 나도 될 수도 있다. 물론 이런 경우는 그렇게 흔하지는 않을지 모르지만 때로는 단 몇 사람 때문에 이웃은 물론이요 국가 사회에까지 큰 어려움을 겪게 하기도 한다.

자기 몸을 나라를 위해 바치겠다고 목이 쉬도록 외치던 정치 지도자들, 감동으로 대중의 가슴을 뜨겁게 울리고 흔들던 문화 예술인들 물론 그렇지 않은 훌륭한 분들이 많아서 이 사회는 상식이 유지되고 있지만 그런데도 경제 논리, 돈의 논리가 대세로 굳어져 간 것 같은 이 세상이 늘 불안해 보인다.

　인생, 오늘 하루도 어떤 일이 일어날지 모른 채 살아간다.
　누가 코로나19를 상상이나 했겠나? 전문가들도 놀라는 표정들이다.
　비록 코로나19뿐이겠는가?
　지구촌 곳곳에서 일어난 질병과 전쟁 자연재해는 우주를 이웃집처럼 왕래하는 21세기 산업혁명의 시대임에도 어찌할 수 없는 인간의 한계를 절감케 해 주었다.

　인간이 자연을 만들 수 없다. 우주를 만들 수 없다.
　사람을 위해 만들어 준 풍성한 에덴동산에서 누리고 사는 것조차도 감당 못하는 인간이었다.
　인간, 마지막 선은 넘지 말아야 한다. 하나님을 두려워하라. 겸손해야 한다. 교만한 눈으로는 무엇을 본들 무시하기 쉽고 이기적인 마음으로는 무엇을 한들 욕심이 앞서기 쉽다.
　하나님 앞에서 겸손하자 숨 쉴 때에도, 입도 눈도 귀도 머리도 손도 겸손해야 한다.

사명을 이루기 위해

자유와 인권이 최고로 발전된 문명의 21세기 대낮에도 잔인한 학대와 순교는 곳곳에서 계속되고 있다. 거룩하고 순결한 주님의 신부된 교회는 시대의 고비마다 교회를 말살시키려는 사악한 세력들에 의해 얼마나 많은 핍박과 순교의 피를 흘렸는지 모른다. 예수님의 제자들(바울, 베드로, 야고보, 빌립, 바돌로매….)과 스데반집사 등 믿음의 용사들은 오직 복음을 전하기 위해 복음의 현장에서 순교를 당했다. 불과 100여 년 전 지구상 대륙이 다르고 바다가 다른 이방의 땅 우리 민족에까지 들어와서 복음을 전하다 처참하게 순교당한 선교사들이 얼마나 많은가! 그렇다. 이 순간에도 예수를 사랑하고 한 영혼을 사랑하는 많은 선교사들은 현지의 정치 문화 환경적인 온갖 고통과 핍박에도 순교적 신앙으로 감당하고 있다.

혹시 교회가 없는 나라를 가 본 적이 있습니까? 교회를 보려고 아무리 찾아다녀도 교회가 없는 그런 암울하고 허전한 경험을 해 본 적이 있습니까. 그러나 우리나라는 교회가 없는 곳이 더 이상할 정도로 교회가 없는 곳이 없다. 좀 심한 말로 동네는 없어도 교회는 있고 사람은 없어도 교회는 있는 것 같다. 이렇게 우리나라 교회는 100여 년 동안에 세계 유래를 찾아볼 수 없을 만큼 대 부흥을 이루었다. 그 부흥은 교회마다 복음에 불타는 청년들과 젊은이들이 일어나 온 세상 땅끝을 향해 주저함 없이 달려 나아갔다. 이는 하나님의 특별한 은혜요, 축복이었다.

주님의 피 값으로 세워진 교회는 당연히 우리 이웃과 온 세상에 복음을 전파해야 한다. 그러나 최근에는 일부 교회이긴 하지만 우리가 전도해야 할 이 세상으로부터 오히려 많은 오해와 비판을 받기도 하였다. 그리고 언제부터인가 눈에 띄게 선교에 대한 관심과 열정이 식어진 것도 이런 분위기와 무관치 않아 보인다. 선교는 예수님의 지상명령이다. 이 지상명령은 교회마다 신속히 이루어야 할 사명이라 할 수 있다.

또 어떤 이들은 희롱과 채찍질뿐 아니라 결박과 옥에 갇히는 시험도 받았으며, 돌로 치는 것과 톱으로 켜는 것과 시험과 칼에 죽는 것을 당하고 양과 염소의 가죽을 입고 유리하여 궁핍과 환난과 학대를 받았으니 (이런 사람은 세상이 감당치 못하도다) 저희가 광야와 산중과 암혈과 토굴에 유리하였느니라

(히브리서 11장 36~38절. 개역한글. 성경전서. 대한성서공회)

오직 성령이 너희에게 임하시면 너희가 권능을 받고 예루살렘과 온 유대와 사마리아와 땅끝까지 이르러 내 증인이 되리라 하시니라. 이 말씀을 마치시고 저희 보는 데서 올리워 가시니 구름이 저를 가리워 보이지 않게 하더라

(사도행전 1장 8~9절. 개역한글. 성경전서. 대한성서공회)

예배자는 삶으로

예배자의 삶은 이 세상 속에서 이루어지는 것이다.

성도들이 열심히 교회를 다니고 열심히 사역을 하고 지역사회(이웃)를 위해 선한 일을 하는 것은 신앙생활의 기본이다. 그러나 그것만으로 온전한 신앙생활을 다 했다고 하기에는 부족하다. 이 세상 가운데 붉은 십자가를 높이 세운 교회와 성도들은 끝까지 가슴 깊이 품고 살아야 할 소명자의 삶이 있다. 그것은 바로 지금도 예수님께서 찾고 계신 잃은 양 한 마리이다.

즉 내 이웃과의 삶이다. 우리가 거의 매일 교회에 가는 이유 중 하나는 하나님께 예배를 드리는 일이다. 예배 중에 은혜 받고 하나님을 만나고 성도로서 이 세상에서 어떻게 살아야 할지 결단하며 자기의 사명을 확인하는 시간이기도 하다. 그렇다. 교회 안에서 예배를 드리고 나와서 다시 자신의 삶의 터전인 이 세상으로 돌아갈 때에는 오늘 예배 중에 들었던 하나님의 말씀을 실천하고 적용하며 살아야 한다.

우리가 날마다 삶을 마주하는 그곳이 바로 복음을 전해야 할 예배자의 현장이요, 회개가 터지고 세례가 베풀어지는 구원의 현장이요, 예배의 처소가 되고 교회가 세워지는 축복의 땅 벧엘이 되기도 한다. 오늘도 예수님의 눈으로 이 세상을 보자. 복음의 눈으로 사랑의 눈으로 세상을 보자. 이 세상에 우리의 부르짖는 기도가 필요하지 않은 곳이 어디 한 곳이라도 있는지?

그러므로 형제들아 내가 하나님의 모든 자비하심으로 너희를 권하노니 너희 몸을 하나님이 기뻐하시는 거룩한 산 제사로 드리라 이는 너희의 드릴 영적 예배니라

너희는 이 세대를 본받지 말고 오직 마음을 새롭게 함으로 변화를 받아 하나님의 선하시고 기뻐하시고 온전하신 뜻이 무엇인지 분별하도록 하라

(로마서 12장 1~2절. 개역한글. 성경전서. 대한성서공회)

입은 억울합니다

전국에 마스크가 동이 났습니다. 일주일에 하루씩 정한 날자와 시간에 맞춰 약국 앞에 길게 줄을 서서 기다리다가 약국에서 주는 수량만큼 사 갑니다. 2020년 초 코로나19가 막 시작할 때 약국 앞마다 있었던 풍경입니다. 심지어는 마스크가 아주 중요한 선물이 되기도 했습니다.

집 밖을 나서면 신발은 못 신어도 마스크는 써야 나갈 수 있습니다. 그래도 얼굴을 가까이 하지 마세요. 코로나19 감염을 조심합시다 라는 말은 국가적인 캠페인이 될 정도였습니다.

불안과 혼란의 세월 3년이 지나가지만 지금도 여전히 코로나19는 계속되고 있습니다.

한여름 무더운 날씨엔 마스크 쓰기가 너무 귀찮고 불편했습니다. 그러나 자신과 가족들 이웃 공동체를 위해 당연히 착용해야 했습니다. 어떤 때는 부모자식이 오랜만에 만나는데 얼굴을 가리고 꼭 이렇게까지 해야 하는가? 이게 무슨 세상인가? 회의감이 들기도 하고 이러다가 미래에는 어떤 세상이 오려나 불안과 걱정이 몰려오기도

했습니다.

이제는 당연한 듯 그동안 대면의 대안으로 떠오른 비대면의 생활에 적응이 되어 갑니다.

이제는 너무 짠하고 슬프게도 이제 겨우 걸음마를 시작한 천진난만한 애기들까지 마스크를 쓰고 다닙니다. 아직 말도 못하는 어린 애기들이 마스크가 코 밑으로 내려오면 손으로 잡아 올리기도 합니다. 한참동안 멍하니 쳐다보기도 합니다. 가슴이 먹먹해 옵니다.

이제는 비대면의 생활이 사회적 상식으로 정착되는 듯합니다.
왜 저 사람은 마스크를 안 쓰고 다니지?
마치 사람의 입은 병을 옮기는 존재로 전락된 듯합니다.
오늘도 입은 억울하다고 합니다.

교회 동네

교회가 많은 우리 동네 이름을 〈교회 동네〉 혹은 〈예수 동네〉라고 해 보면 어떨까?

신약성경 누가복음 2장에 예수님의 탄생에 관한 말씀에서 〈다윗의 동네〉라는 마을 이름이 두 번 반복해서 나온다. 이 〈다윗의 동네〉는 유대나라의 베들레헴이라는 작은 마을이라고 한다. 예수께서는 이렇게 시골 작은 마을의 한 평범한 가정에서 태어난 것이다. 이미 구약시대 때 선지자로부터 예언되었던 온 세상의 구주 예수님이 탄생했지만 이 세상의 이목이나 관심은 받지 못했다. 그러나 그날 밤 다윗의 동네 밤하늘에는 아름답게 빛나는 수많은 별들로 반짝이는 밤이요, 하나님의 영광으로 충만한 고요한 밤 거룩한 밤이었을 것이다.

이렇게 다윗의 동네는 하나님의 예언이 이루어진 역사적인 곳이요, 예수님의 조상 다윗이 살았던 곳이요, 마침내 온 세상을 구원할 메시아 예수께서 태어난 동네, 그래서 성경에 영원히 남아 있는 〈다윗의 동네〉가 된 것이다. 오늘 저희가 다윗의 동네를 언급한 것은 이 지역에 관한 설명이나 역사를 말하려고 한 것이 아니다. 성경에서 이 말씀을 읽을 때마다 우리가 태어나고 우리 부모님과 가족과 친구들과 함께 어린 시절을 보냈던 잊을 수 없는 곳, 항상 가고 싶고 그리운 마치 우리 이웃 동네 같은 정감이 느껴지기 때문이다.

우리나라도 그 유래나 뜻깊은 이름을 가진 동네가 많다. 그중에는 나라의 유명한 벼슬을 한 분이나 소문난 효자나 그 지역에 지대한 공적을 세운 유명한 분들의 이름이 바로 동네 이름이 된 경우도 있다. 또는 그런 분들의 이름을 공원이나 도로의 이름으로 사용하기도 한다. 후세들에 그 공덕을 기리고 역사적으로도 교훈을 삼고자 함일 것이다. 참 의미 있고 흥미로운 일이다.

다윗의 고향 예수님의 고향을 〈다윗의 동네〉라고 부른 것처럼 우리가 사는 동네 이름도 ○○의 동네라고 하면 어떨까? 혹시 십자가가 많이 세워져 있거나 유명한 교회가 있는 지역의 이름을 십자가의 동네 또는 교회의 동네라든지 예수의 동네라고 하면 어떨까? 엉뚱하기도 하고 공상에 불과하겠지만 이런저런 이름을 생각해 보니 흥미롭기도 하다.

그렇다. 어디를 가든지 누구를 만나든지 심지어 식물이든 동물이든 땅이든 바다이든 밤하늘의 별까지도 다 이름이 있다. 그리고 그 이름에는 나름대로의 의미와 존재성을 가지고 있다. 그렇다. 다윗 왕을 잊지 않고 기념하기 위해 다윗의 동네라고 부르듯 온 세상을 죄에서 구원해 주신 예수그리스도야말로 온 세상 모든 인류가 부르고 경배해야 할 영원한 이름이다.

똑똑한 바보

참 너 똑똑하게 생겼구나. 그 집 애들은 어떻게 그렇게 똑똑해요! 인터넷에서 "똑똑하다"를 검색해 보니 "또렷하고 분명하다. 발음이 똑똑하다. 사리에 밝고 총명하다. 셈 따위가 정확하다" 등으로 설명되어 있다.

사람은 누구라도 소중하고 존귀한 존재로 태어나서 점점 성인으로 성장해 가면서 거칠고 척박한 세상을 온몸으로 부딪치며 열심히 살아가게 된다. 어떤 사람은 지극히 평범한 삶을 살기도 하고 어떤 사람은 이 세상에서 모두가 부러워하는 권세와 부를 누리며 살기도 하고 혹 어떤 사람은 인간으로서는 감당하기 어려운 고통스러운 일을 겪으며 살기도 한다.

누구라도 어렸을 때는 다 똑똑하고 영특하다고 다음에 커서 큰 사람이 될 것이라고 입이 마르도록 칭찬 듣고 인생을 시작하지만 뒤돌아보면 철없는 청소년기를 지나서 직장을 찾고 결혼도 하고 정신없이 살다 보니 어느 날 중년이 되었고 머리가 하얀 노인이 되어 있음을 보게 된다. 똑똑하다고 영특하다고 입이 마르도록 칭찬 듣고 자랐던 그 인생 살아 보니 무엇이 똑똑하고 영특한지 정리가 잘 안 된다.

그렇다. 젊었을 때 아무 옷이나 걸쳐 입어도 패션이 되고 자신의 존재감을 살려 주었던 그 젊음과 불꽃같은 낭만의 시절이 있었지만, 이제는 비틀거리는 걸음걸이만큼이나 흔들리고 몸과 마음도 하루하루가 다르게 쇠잔해 가는 노인에게는 그저 지나간 한때나마 불탔던 전성기 시절의 추억일 뿐이다. 그동안 살아 보니 그렇게 크고 특별해 보이던 것 그렇게 소원하고 열광하던 것 그것이 없으면 마치 내 인생이 끝나는 것처럼 목숨을 걸었던 것들조차도 오늘 돌아보니 참 별것 아니었구나 느껴진다.

있으면 좋고 없다고 해도 그렇게 큰 문제도 아닌데 왜 그렇게 안절부절했는지 참 부끄럽기도 하고 그렇게 긴장하며 살아온 내 자신이 참 측은하다는 생각이 들 때도 가끔 있다.

이제는 조선시대의 권위적인 시대도 아니고 이도령 춘향이의 순정의 시대도 아니다. 이제는 잘 사는 기준도 행복의 기준도 결혼의 조건도 일상생활도 너무 많이 놀라울 정도로 달라졌다. 다시 말하면 같은 문화권 속에서 같은 공동체로 살아가지만 사람에 따라 인생의 사는 목적도 가치도 너무 달라서 때로는 우리 사회가 다민족 국가가 아닌가 착각할 정도로 개성 넘치고 다양한 사회가 된 것이다. 그만큼 그동안 시대가 변하고 발전하여 이제는 누구나 다 자기의 주관에 따라 마음껏 똑똑한 인생으로 살아가는 시대가 된 것이다.

　한참 동안 미련하다고 가난하다고 따돌렸던 그 사람이, 어려서부터 바보 같다고 놀림 받던 그 친구들이 오히려 비록 가난하지만 부자 부럽지 않게 즐겁고 행복한 삶을 누리고 사는 것을 존경스럽게 바라볼 때가 많다. 항상 마음을 비우고 욕심을 버리고 사는 그 친구들이 바로 행복한 인생 똑똑한 인생을 살고 있음을 본다.

우리 후손들 세상은

이 시대는 국가 간 경쟁은 물론이요, 이웃 간에도 친구들 사이에도 형제간에도 직장 안에도 누가 더 잘사는가? 치열한 경쟁 속에서 살아가는 오늘의 세상이다. 불과 50여 년 전만해도 인간생활의 기본인 의식주조차 제대로 해결을 못하는 시절이었지만 오늘날처럼 그렇게 인심 사납고 삭막한 세상은 아니었다. 이웃 간에도 가족 같은 정이 있었고 서로 작은 것 하나까지도 나누며 정 깊게 살았다. 그러나 오늘날은 어떤가. 21세기 산업화 시대가 몰고 온 물질만능 세상이 되어서 그런지 인간적인 모습은 점점 사라지고 그렇게 흔하게 울고 웃었던 뜨거운 눈물도 따뜻한 가슴도, 서로 희로애락을 나누며 의지하고 살았던 이웃사촌의 순수한 우정도 이제는 지난 세대들의 한 추억으로 남은 것 같다.

이제는 자동차 인터넷 휴대폰 등 기계화 문명의 편리함 속에 익숙해진 세상이 되었고 물질주의 이기주의가 만연한 사회가 되었다. 바로 옆집에 누가 사는지도 잘 모르고 당연히 왕래도 나눔도 없이 살아가는 삭막한 사회가 된 것 같다.

그뿐이랴. 나라 밖의 세상 지구촌은 더 심각하다. 인간이 얼마나 잔인한가를 실험이라도 하듯 무시무시한 살상무기를 자랑스럽게 드러내 보이며 경제로 에너지로 기술로 강대국의 힘으로 약소국가들을 위협하며 자기들의 숨은 의도를 서슴지 않고 드러낸다. 인류가 다 함께 인간적인 최소한의 삶을 살도록 서로 나누고 도와주는 인류애는 허약해지고 자국의 이익을 위해서는 전쟁도 서슴지 않겠다는 세상이 되었다. 힘 있는 자들은 아무것도 두려울 것 없이 마음껏 즐기는 세상이요, 힘없는 사람들은 항상 불안 속에 살아야 하는 이 시대가 아닌가 싶다.

국제 관계뿐 아니라 자기 국가 안에서도 정치적 권력에 대한 정쟁은 옛날이나 지금이나 별 다르지 않는 것 같다. 국민을 건강하게 안전하게 행복하게 서로 돕고 사랑하며 살아가게 해야 할 국가의 지도적인 리더십은 거의 찾아보기 어렵고 오히려 정치 지도자들에 대한 불신감만이 더해지는 것 같다. 오늘날 무한 경쟁의 사회에서 우리나라의 아름다운 전통인 이웃사촌의 이웃 사랑 정신은 아련히 사라지고 이제는 그 정다웠던 이웃과도 경쟁해야 하는 살벌한 세상을 사는 것 같다.

언제 법보다 돈보다 사랑으로 살아가는 세상이 올까? 우리 후손들은 언제 이런 따뜻한 인간의 정과 사랑을 나누며 살 수 있을까?

지금 우리 세대가 이런 세상을 만들어 물려주어야 할 텐데 걱정이 태산이다.

21세기에 이런 나라가

어떻게 저렇게까지 할 수 있을까? 권력을 쟁취하기 위해 상대방을 정적으로 생각하고 국가의 주인인 국민들의 권리를 짓밟고 서 있는 잔인한 정치인들, 마치 피에 굶주린 맹수들 같다. 오로지 권력에 눈이 먼 인간들이 어떻게 국민을 위해 일할 것이라고 기대할 수 있을까? 아직도 흙탕물을 마시고 사는 국민들을 조금이라도 생각한다면 자세부터 고쳐야 하지 않을까? 전쟁도 권력도 이긴 자들만 살아남는 오로지 힘의 세상임을 너무 적나라하게 보여 준 것 같다. 참, 정치 세계는 잔인하다는 생각을 하게 된다.

정치에 승리하여 권좌에 오른 자도 실패하여 죄인처럼 숨어 사는 자도 남은 것은 피 흘린 상처뿐이다. 지금까지 자신들의 입으로 외친 사랑도 용서도 정치권력의 세계가 얼마나 위선적인지를 보여 준 것 같다. 이미 그 땅에 가정들은 파괴되었고 죽어 간 자식을 앞에 놓고 부모는 정신을 잃고 웃고 다닌다. 죽지 않고 남은 자들은 난민이 되어 주변 국가에서 헤매이고 있다. 그들이 할 수 있는 일이라곤 눈물 흘리며 우는 것뿐이다. 그래도 억지로라도 살아 있으라 그래야 희망이라도 품을 수 있으니까 마음으로 간절히 빌어 본다.

참으로 21세기 백주 대낮에 아무리 독제권력자들이라도 어떻게 그럴 수 있을까?

한 시대를 같이 살아가는 한 지구촌의 이웃에서 거짓말 같은 이 현실이 믿기지 않는다. 비록 일부 국가에서 발생한 사건이지만 이것은 온 인류의 문제이기도 하다.

근본적인 해결책은 정말로 없을까? 이들에게 참 소망이 없는 걸까? 가슴이 멍해지고 답답해진다. 이것이 말세의 현상인가?

누가 누구에게 무슨 말을 할 수 있겠는가. 모두가 자기 짐도 한 짐인데 말이다. 아무리 생각해도 이제는 복음 외에는 없다. 예수그리스도 외에는 소망이 없는 시대에 와 있다.

누가 이들과 함께 울어 주며 이들의 눈물을 닦아 주며 위로할 수 있을까? 오늘도 그 난민 현장에서 작은 예수가 되어 떨리는 손으로나마 그들의 눈물을 닦아 주며 같이 먹고 같이 품고 살아가는 선교사들 향해 힘찬 응원을 보내며 기도를 보낸다. 사랑의 주님 그 땅에 긍휼을 베푸시고 구원을 베풀어 주소서. 예수님 이름으로 기도합니다.

2021. 5. 20. (목) 밤 12:00

아프카니스탄과 미얀마 등 국민과 난민을 위한
기도제목을 나누며

그리하면 살리라

말씀과 기도는

예수를 믿는 성도라면
예수님의 말씀대로 살기를 소원한다면
온 세상에 속히 복음이 전파되기를 소원한다면

내가 이 세상의 빛과 소금이라면
나는 이 세상의 나그네요, 나의 본향은 천국이라고 믿는다면
아멘 주 예수여 어서 오시옵소서 속히 오시기를 기다린다면
말씀과 기도가 해답입니다.

하나님의 나라는 기도의 무릎으로 이룰 수 있기 때문입니다.
하나님의 나라는 말씀의 순종으로 이룰 수 있기 때문입니다.
예수님은 마귀의 시험을 하나님의 말씀으로 물리치셨고
십자가의 죽으심을 기도로 감당하셨습니다.

말씀과 기도로 우리 신앙이 살 수 있고 성장할 수 있습니다.
말씀과 기도는 하나님 음성을 듣고 믿음의 사람으로 살게 합니다.

말씀과 기도가 있다면 살 수 있습니다.

내 안에 말씀과 기도가 살아 있다면 내 자신을 이길 수 있습니다.

2021. 5. 21. (목) 밤 12:30

신토불이 감사

그때는 굶어도 감사했습니다.

헌 옷만 입고 살아도 감사했습니다.

여러 명의 식구들이 한 방에서 잠을 자도 감사했습니다.

예수님 바라보면서 불평 없이 살았습니다.

신토불이 감사입니다. 어린아이같이 깨끗하고 순수한 마음입니다.

요즈음은 무엇이 부족합니까.

너무 먹어서 탈입니다. 돈이 너무 많아도 탈이 납니다.

그러나 더 잘살고 더 달라고 기도합니다.

좋은 아파트 좋은 자동차 명품 옷 얼마나 더 있으면 될까요.

욕심은 끝이 없습니다.

성공할 때만이 감사가 아닙니다.

호화롭게 사는 것만이 감사가 아닙니다.

만사형통만이 감사가 아닙니다.

믿는 자는 오직 예수그리스도로 인하여 감사합니다.

이것이 하나님의 사람입니다.

다들 궁핍하게 살았지만 이웃의 정을 함께 나누고 살았던 때가 있었습니다.

당시에는 교회에서 서리집사도 전교인의 투표로 선출했던 시절입니다. 당시 서리집사만 되도 오직 복음전하고 선교하는 일에 삶을 바쳤습니다. 일반 성도들도 일부 재산을 팔아 불쌍한 이웃을 나누고 섬겼습니다.

중직자들은 그 가족 중에 누구라도 행실이 바르지 못하면 즉시 그 직분을 내려놓았습니다. 혹시라도 교회에 부정적인 이미지나 누를 끼치게 되면 안 되기 때문입니다. 그 당시 교회나 교회 중직자나 일반 성도들까지도 그 지역사회의 정직함과 거룩함의 표상이었다고 해도 과장된 표현은 아닙니다.

우리 선배들이 살아온 신토불이 신앙입니다.

혼란의 시간들

최근 세계적으로 유행한 코로나19 확산을 막기 위해 전국적으로 각종 행사나 모임이 제한되었다. 이에 전국의 교계도 각종 예배와 집회가 비대면으로 전환되었다. 지금까지 경험해 보지 못한 갑작스런 상황에 온 국민들은 불안하고 혼란스러운 시간을 보내고 있다.

지금까지 종교의 자유를 헌법으로 보장한 우리나라는 어딜 가나 십자가 천국이라 할 만큼 자유롭게 교회를 세우고 또한 교회서든 어디서든 집회를 열어도 누구도 제한하거나 시비하지 않았다. 그런데 교회에서 예배를 제대로 드릴 수 없다니, 시간이 없거나 장소가 없거나 지도자가 없거나 성도가 없어서가 아니요, 그렇다고 전쟁도 아니요, 자연 재해도 아니요, 오로지 코로나19 질병 예방 때문에 모일 수가 없는 것이다. 그것은 코로나19 확산을 막기 위해 여러 사람이 한곳에 모이면 안 되기 때문이다.

하나님께 예배를 드릴 수 있다고 우리 마음대로 드릴 수 있는 것이 아니구나. 그동안의 예배 개념이 흔들리고 고정관념이 깨지는 순간이다. 그동안 마음껏 자유롭게 예배를 드릴 수 있음이 얼마나 큰 축복이요, 은혜였는지 새삼 깨달아 온다. 그러나 교회당에서 집회형식의 대면 예배는 드리지 못해도 가정이나 직장 등 각자의 처소에서 형식이나 시간적인 제한 없이 영상매체를 통한 유튜브 ZOOM 카톡 등을 통해 온라인 영상으로 새롭고 다양한 형식의 예배를 경험해 보는 기회가 되었다.

물론 오랫동안 예배와 신앙생활의 시간과 공간이 교회 예배당 중심에서 각자의 삶의 터전이나 가정에서 가족끼리 서로 말씀도 자유롭게 풍성히 나누고 기도 제목도 더 마음 깊이 자유롭게 나누며 함께 기도할 수 있는 영적 교제의 귀한 기회도 되었을 것이다.

그러나 이렇게 각자의 처소에서 자유롭고 편하게 드리는 영상 매체에 적응하다 보니 그동안 온 성도들이 다함께 교회당에 모여 예배도 드리고 교회 여러 활동도 열심히 해 왔던 전통적인 예배보다는 준비성이나 참여도나 예배의 열정 등에 있어 다소 게을러지거나 소극적이 되지 않았을까 우려된 바 없지 않다.

앞으로도 지구촌은 언제 어디서 또 다른 강력하고 다양한 질병이나 자연 재해 같은 위험한 사태가 발생할지 예측할 수 없어 더 두렵고 불안해하는 것 같다. 이 마지막 때의 온갖 거짓 악함 부패 등 인간 스스로의 대가로 치른 형벌 같은 이러한 위험과 위기 앞에서 인간의 한계를 철저히 경험하였다. 주 하나님, 온 세상 땅끝까지 어서 속히 천국 복음이 전파되기를 소원하고 기도합니다.

2021. 5. 21. (금) 밤 0시

항상 겸손하자

얼마 전 산책을 나갔다가 대학교 운동장 육상경기장 트랙에서 모처럼 400미터 달리기를 한번 해 보았다. 물론 나이가 많아서 달리기라 해 봐야 천천히 걷는 수준이었다. 내 스스로는 그래도 젊은 시절부터 꾸준히 기본 체력 운동을 했으니 400미터쯤이야 뒤로 뛰어도 뛰겠다 싶었는데 의욕과는 상관이 없었다. 400m가 아니라 4,000m 경주를 한 것 같았다.

어떤 이에게는 4,000m도 쉬울 수 있겠으나 나에게는 400m도 한계를 느낄 정도였다.

이제는 천천히 걷는 것조차도 몸 상태 날씨 등 세심한 주의를 기울여야 하고 조심해야 한다. 비록 운동뿐이겠는가? 사람들은 오늘도 살아가면서 인간의 능력과 한계를 절감하기도 한다. 인간이 태어나 일백 년 남짓 산다 할지라도 이 거대한 우주 만물에 비하면 그야말로 얼마나 미약한 존재인가? 그렇다. 이 광활한 우주 공간에서 나의 힘이나 나의 능력은 어느 정도일까?

몇 년 전 경주시 인근에서 발생한 대 지진(진도 5.8) 때 불과 몇 분 간이지만 얼마나 두렵고 놀랐는가? 어느 날 갑자기 코로나19로 온 나라 온 세계가 얼마나 불안하고 두려워했는가? 거의 매년 여름마다 산이 무너지고 도시가 물바다가 되고 사람이 죽고 하지만 그때마다 인간이 무엇을 얼마나 할 수 있었던가? 때로는 구경꾼처럼 속수무책 으로 바라보면서 태풍님 그저 점잖게 지나가주세요 부탁 외에 딱히 할 일이 없었다.

아무리 과학이 발달하여 우주를 향해 인공위성을 발사하는 21세기 에도 자연의 위력 앞에 우리 몸 하나 온전히 피할 곳이 있던가. 나도 모르게 하나님 우리 좀 살려주세요. 저 광풍을 잠잠케 해 주소서. 엎 드려 기도할 수밖에 없다. 자연 앞에서 겸손하자. 평화로울 때에도 겸손하자. 내 머리털 하나도 내 마음대로 할 수 없는 것이 사람이다.

천지를 창조하시고 우주를 다스리신 전능하신 하나님 앞에서 항 상 겸손하자.

2021. 5. 21.

고생 많았습니다

어느덧 70년을 넘게 달려왔다. 이제는 그렇게 좋아하던 등산도 조심스럽고 장거리나 야간 운전도 조심스럽다. 조금만 걸어도 앉아쉴 곳부터 찾고 한두 시간 책만 봐도 눈이 침침해진다. 나이가 들어서인지 가끔은 나도 모르게 힘겹게 살아온 지난 세월을 돌아볼 때가 많아진다. 몇 달 전에는 동갑내기 고향 친구가 세상을 떠났다는 소식을 듣고 마음이 심란했다. 그래서일까 요즈음 내 주변의 여러 상황들이 절실하게 느낄 때가 많다.

지난 세월 동안 그렇게 마음 놓고 편히 앉을 여유도 없이 마치 육상 선수처럼 뛰고 또 뛰었지만 이 세상에서의 마지막은 일백 년도 되기 전에 내 모든 것 다 내려놓고 외로이 떠나야 한다. 그동안의 가족과도 이웃과도 또한 완수해야 할 예수그리스도의 사명까지도 다 남겨 두고 떠나야 한다. 잠깐 동안 이 세상에서의 삶이 영원할 줄 착각했지만 누구든지 이 세상이 안개와 같은 순간임을 깨닫는데 그리 많은 시간이 걸리지 않음도 곧 알게 된다.

그리하면 살리라

이 세상 사는 동안 마음 편하게 멋진 여행 한번 제대로 못하고 이름난 유명 맛집에서 식사 한번 제대로 못하며 살았다 할지라도 그 누구 앞에서도 정직하고 자신에게 당당한 삶을 살았다면 이보다 더 다행은 없을 것이다. 하룻길 나그네 같은 이 땅에서의 마지막 시간 앞에서 특별히 자랑할 것이 무엇이며 특별히 부끄러울 것이 무엇이겠는가? 너무 거만하지 말고 또한 너무 위축될 필요도 없다.

이 쉽지 않은 세상에서 자기 의시와 상관없이 자기의 선택과 상관없이 태어나 그동안 동서남북 방향조차 분간할 수 없었던 광야 같은 험난한 인생을 그래도 나름대로 뜻을 세우고 오늘 여기까지 견디고 살아온 것만으로도 당신은 충분히 온 세상의 박수를 받기에 충분하다고 할 수 있다. 당신은 이 세상에서 더 유명한 권력을 갖기 위해 수많은 사람들을 속이지 않았고 더 큰 부자가 되기 위해 가난한 자들을 속이거나 갈취하지 않았다. 그것만으로도 당신은 당당하고 훌륭한 삶을 사셨으며 온 세상으로부터 존경받기에 충분합니다.

어느 누가 후회함이 없겠는가? 어느 누가 부끄러움이 없겠는가? 그래서 용서가 필요했고 그래서 사랑이 필요했던 것이다. 그래서 그동안 입고 다녔던 그 두꺼운 옷도 다 벗어 버리고 가장 가벼운 몸과 홀가분한 마음으로 떠날 수 있는 것이 아니겠는가?
한평생동안 가장 많이 가장 크게 가장 간절하게 사랑했던 사람들의 눈물겨운 박수를 받으며 떠나는 사람도 보내는 사람도 '그동안 고생 많았습니다' 인사를 나눌 수 있다면 그것만으로도 큰 영광이요 감사가 아닐까요!

사랑이 그리운 세상

백 가지 천 가지 잘해 주다가도 단 한 가지 잘 못해 주면 그 한 가지로 싸우고 다투고 심한 경우는 절친 했던 친구가 원수가 되기도 하고 한평생 사랑을 약속했던 부부가 이혼도 불사한다.

제삼자가 들어 보면 정말이지 아무것도 아닌데 자신의 이해가 개입되면 단돈 몇 푼으로 충돌하고 사생결단 한다. 예전에 비하면 요즈음은 아주 예민한 것 같다. 어쩌다 운전 중 다른 차와 다툼이 나면 정말 이 사람들이 한국 사람들인가? 의아할 정도로 싸우기도 한다. 정말이지 이 세상은 하루가 다르게 이기적이고 물질적인 사회로 변한 것 같다.

우리나라도 이제는 산업의 발전과 경제적 부흥으로 대다수 국민들의 생활수준도 크게 향상되었고 풍요로운 생활을 누리고 산다. 그러나 이렇게 물질적 풍요로움을 누리고 살지만 기독교인들의 신앙생활은 더욱 더 하나님을 믿고 말씀을 따르고 성령 충만한 삶보다는 오히려 세속적 욕구에 더 관심이 있지 않은가 우려된다. 이제는 부모 자식 간에도 형제간에도 재산 문제로 다투거나 부부 간에도 어린 자식을 두고 이혼한 사례는 그리 충격적이지도 않아 보인다. 갈수록 인간성은 사라지고 사랑이 메마른 세상의 끝에 서 있는 듯하다. 옛날에는 가난해서 못 먹어서 너무 일을 해서 병이 들었는데 어느새 우리 사회가 너무 잘 살아서 너무 많이 먹어서 심지어는 운동 부족으로 병이 걸린다는 이상하고 비정상적인 사회가 된 것 같아 씁쓸하기도 하다.

　법이 없어도 이웃사촌으로 정을 나누며 한 가족처럼 살았던 우리 전통 사회는 점점 이기적인 사회로 흐른 것 같다. 그 현상들이 오늘날 이혼 자살 낙태 불륜 등 사회적인 문제로 나타나고 있는 것 같다. 문제는 이러한 사회적 문제가 교회 안에까지 밀려들고 있다는 것이다. 비록 물질적으로는 좀 궁핍했지만 그래도 법이 없어도 서로 믿고 의지하며 평화롭게 살았던 우리나라의 전통적인 사회는 점점 사라지고 이제는 정말 강력한 법이 없다면 이 세상이 어떻게 유지될까 걱정이 될 정도로 세상이 삭막해진 것 같다.

　우리 어렸을 때 눈치도 모르고 철도 모르고 아무렇게나 살아도 아무렇지도 않았던 그 순수한 시절이 너무 많이 그립다.

교회의 권위를

최근 우리나라의 일부 교회가 신문 방송 등 언론으로부터 큰 뉴스거리가 된 적이 있다.

세습 문제, 윤리 문제, 다툼과 분열, 정치 활동, 사이비 집단의 코로나19 관련 문제까지 국가 사회로부터 많은 관심과 뉴스거리가 된 적이 있다. 이러한 부끄러운 일들로 인하여 한국 교회와 지도자들의 권위와 위상에 적지 않은 부정적 영향을 받게 되었다.

물론 대부분의 교회와 성도들은 이와는 무관하지만 이번을 기회로 한국 교회가 엎드려 마음을 찢고 회개하고 다시 한번 말씀의 순종과 성령의 역사를 간절한 마음으로 기도한다. 이 마지막 때에 예수그리스도의 사랑으로 온 세계 모든 열방을 가슴에 품고 예수그리스도의 지상명령을 이루기 위해 불같이 일어났던 지난날의 그 소명감을 다시 회복하기를 두렵고 떨리는 마음으로 기도한다. 또한 주님의 몸 된 교회요, 주님 다시 오심을 기다리는 거룩하고 순결한 신부로서 예수그리스도의 권세와 능력으로 충만한 교회되기를 소원하며 기도한다.

라오디게아 교회의 사자에게 편지하기를 아멘이시요 충성되고 참된 증인이시요 하나님의 창조의 근본이신 이가 가라사대, 내가 네 행위를 아노니 네가 차지도 아니하고 더웁지도 아니하도다 네가 차든지 더웁든지 하기를 원하노라 네가 이같이 미지근하여 더웁지도 아니하고 차지도 아니하니 내 입에서 너를 토하여 내치리라

네가 말하기를 나는 부자라 부요하여 부족한 것이 없다 하나 네 곤고한 것과 가련한 것과 가난한 것과 눈 먼 것과 벌거벗은 것을 알지 못하도다, 내가 너를 권하노니 내게서 불로 연단한 금을 사서 부요하게 하고 흰 옷을 사서 입어 벌거벗은 수치를 보이지 않게 하고 안약을 사서 눈에 발라 보게 하라

무릇 내가 사랑하는 자를 책망하여 징계하노니 그러므로 네가 열심을 내라 회개하라

(요한계시록 3장 14~19절. 개역한글. 성경전서. 대한성서공회)

다시 기도합시다

　불과 몇십 년 전까지만 해도 한국 교회와 성도들의 기도의 열정은 아마도 소방차가 와도 그 불길을 잡을 수 없을 정도였다. 일주일 내내 교회의 예배와 기도모임 외에도 수시로 깊은 산(山)이나 한적한 기도원을 찾아 마음껏 부르짖어 기도하고 문제가 있거나 특별한 기도제목이 있을 땐 온 교회가 마음을 합하여 금식하며 기도의 불을 끄지 않고 힘써 기도했던 시간이 많았다.

　그러나 국가 사회의 급속한 발전으로 전국 도시 근교에는 계속 공동주택이나 산업시설들이 산중턱까지 들어서게 되었고 우리가 자주 찾았던 산속 기도원은 점점 그 산상의 매력을 잃게 되었다. 이에 더하여 한국의 경제적 발전으로 국민들의 풍요로운 삶이 다소 여유로워지면서 기도에 대한 간절함도 열정도 시들어 갔다. 이제는 산상기도까지는 아니더라도 교회나 가정이나 교회 안의 어떤 모임에서조차도 그때의 간절하고 절박한 기도 모습을 찾아보기 어려운 것 같다. 참 아쉽고 안타까운 현실이다.

아무리 기독교인이라고 하지만 점점 물질적 풍요와 세속적 즐거움을 추구하는 이 시대에서 함께 살다 보니 이제는 성경에서 이미 경고한 말씀대로 크게 정신을 차리고 기도하지 않으면 자신의 신앙을 지키기란 쉽지 않은 시대가 되었다. 이전의 순수했던 마음도, 가난하고 애통하는 심령도 의에 주리고 목마른 심령도, 찬양도 기도도 예배의 사모함도 예전 같지 않아 보인다. 더욱 더 치열한 믿음의 선한 싸움을 싸워야 할 것 같다. 오늘따라 하나님께서 왜 쉬지 말고 기도하라고 말씀하셨는지 절박하게 다가온다.

주님, 우리가 기도를 쉬지 않도록 도와주옵소서.

이 시간도 회개 합니다. 주님의 뜻대로 살게 하옵소서. 말씀대로 순종하게 하옵소서.

땅끝까지 복음을 전하게 하소서. 선교사들을 지켜 도와주옵소서. 병들고 가난한 이웃을 도와주소서. 우리 가족 친척들을 구원하여 주소서.

이 땅에 모든 우상들이 무너지며 쾌락의 시설들이 사라지게 하옵소서. 온 세상 모든 민족 모든 백성들이 하나님을 경배하게 하소서.

어찌 기도제목이 이뿐이랴.

만물의 마지막이 가까왔으니 그러므로 너희는 정신을 차리고 근신하여 기도하라

무엇보다도 열심으로 서로 사랑할찌니 사랑은 허다한 죄를 덮느니라
(베드로전서 4장 7~8절. 개역한글. 성경전서. 대한성서공회)

2021. 5. 24. (월) 새벽 2:30

부부의 위험- 말

　말은 그야말로 축복이 되기도 하고 저주가 되기도 합니다.

　부부만큼 만만한 사이가 또 있을까요? 별일도 아닌 일로 쉽게 다투기도 하고 때로는 단순한 다툼이 심해져서 싸움이 되기도 합니다. 때로는 금방 이혼이라도 할 것 같은 험한 분위기가 되기도 하지만 잠시 시간이 지나고 나면 또 언제 그랬느냐는 듯 곧장 평상을 회복하며 알콩달콩 뒤뚱거리며 살아갑니다.

　부부가 평생토록 희로애락의 모든 세월을 함께 살아오면서 왜 어려움이 없겠습니까마는 그러나 그 어려움 때문에 다투거나 싸운 적은 별로 없습니다. 차라리 그 어려움들은 진지하게 머리를 맞대고 힘을 합하여 잘 극복해 나가기 때문에 이런 일로 크게 다투거나 싸우거나 하지 않습니다. 아무리 어렵고 큰 문제도 솔직하게 서로 깊이 나누고 품고 이해할 때 오히려 그 일들로 인하여 서로에게 든든한 힘이 되고 격려가 되기도 합니다. 그러나 자기와 아무런 상관이 없는 일로, 때로는 농담같이 무심코 지나가는 말 한마디 때문에 사단이 일어나기도 합니다. 부부간에는 서로 만만해서 아무 얘기도 스스럼없이 하다 보면 더욱 그럴 수 있습니다. 아무리 부부라도 해서는 안 될 말이 있습니다. 서로가 말에 대한 절제가 필요한 것 같습니다.

더없이 좋은 사람들인데 말 한마디로 깊은 상처를 주기도 하고 때로는 자존심을 해치기도 하고 심한 경우는 상대방의 인격을 무시하기도 합니다. 말 한마디로 치유하기도 하고 용기를 주기도 하고 죽어 가는 사람을 살리기도 합니다. 그 사람의 입에서 나온 말은 바로 그 사람의 품격이요, 얼굴이기도 합니다. 이 세상에 말(언어)만큼 날카롭고 강력한 무기는 없습니다.

정치 지도자의 말 한마디는 그 나라와 그 국민들의 정서와 삶에 지대한 영향을 미치며 환자를 치료하는 의사의 말 한마디는 그 환자의 치료와 회복에 큰 희망과 용기를 주기도 하고 혹은 두려움과 절망을 주기도 합니다. 학교 선생님의 칭찬 한마디가 그 학생의 평생을 좌우할 수 있는 능력이 될 수 있습니다. 가정에서도 친구 간에도 직장에서도 특히 리더십 위치에 있는 사람들은 말에 대한 조심을 해야 합니다. 말은 살아 있는 생명체와 같습니다. 말은 능력이고 힘입니다. 특히 부부간의 말은 곧 그 부부의 인생이라 할 수 있을 것입니다. 남편이나 아내의 지나가는 말 한마디가 감동을 주기도 하고 눈물을 흘리기도 하고 행복하게도 합니다.

말은 약이기도 하고 독이기도 합니다.

이 마지막 때에

어떤 이에게는 오늘이 마지막 날이 될 수 있습니다.

2020년 2월부터 코로나19 바이러스로 인하여 전 세계 지구촌은 큰 혼란을 겪고 있습니다. 정치 경제 사회 문화 어느 한 분야도 이 영향을 받지 않은 곳이 없습니다. 외적인 영향도 크지만 정신적으로도 많은 충격을 받았습니다. 전 세계에서 이미 수억 명이 이 질병에 감염이 되었고 천만여 명이 목숨을 잃었다고 합니다. 이제는 대부분의 국가에서 특히 경제적으로 더 버티기 어려워서 위드 코로나의 정책으로 전환하려고 합니다. 지금도 계속 코로나19의 변이 바이러스가 발견되고 있고 앞으로도 얼마나 더 강력한 질병과 싸우며 불안 속에 살아야 할지 모릅니다.

갑작스럽게 불어닥친 코로나19로 인하여 정부에서도 방역 차원에서 모든 문화 예술 체육 등 행사 집회를 제한함에 따라 전국의 교계에서도 예배나 소모임 등 직접 대면으로 하는 모든 집회 활동은 거의 중단하고 있는 상태입니다. 이로 인하여 해외 선교활동 역시도 큰 영향을 받게 되었습니다. 대부분의 국가에서 해외여행을 제한함에 따라 선교지역과 본국과의 왕래가 단절되었고 이에 따라 선교사 가족의 건강, 비자, 필수물품 발송 등 큰 어려움을 겪고 있습니다.

　이 시대를 제4차 산업 혁명 시대라고 합니다. 그동안 눈부신 산업의 발전을 이루었고 덕분에 인간 생활의 편리함과 경제적 번영을 마음껏 누리고 살 수 있는 세상이 되었습니다만 반면에 신앙인들의 삶도 이 세상의 시험과 유혹에 크게 도전받고 있으며, 아름답고 깨끗한 자연 환경 분야도 심각할 정도로 파괴되고 있습니다. 이제는 그 대가로 맑고 깨끗한 공기로 마음껏 숨 쉬기도 불안한 세상이 되었고 결국은 인류의 생명까지 위협하는 재앙이 되고 있습니다.

　이 두렵고 불안한 시대를 앞으로 얼마나 더 겪으며 살아야 할지? 또 우리 자식들 시대는 어떻게 살아야 할지? 그 대안은 무엇인지? 걱정입니다. 온 세상 모든 민족에게 어서 속히 복음이 전파되기를 소원하고 기도합니다.

참 평안을 찾아서

혹시 큰 지진 때 땅속 깊은 동굴에서 나는 듯한 이상한 괴물소리와 함께 흔들리는 그 땅위에서 불안과 공포를 느껴 본 적 있습니까? 이 세상 살면서 어느 한 날이라도 염려 근심 없는 날이 있을까요. 내 형편과 내 뜻과 상관없이 이 복잡한 세상 속에서 더불어 살아가면서 어떻게 아무 걱정 없이 살 수 있겠습니까? 사람들은 내가 사는 삶의 터전에서부터 지구촌 끝까지 언제 어디서 또 무슨 큰일이 터질지 몰라 늘 불안함과 두려움을 안고 살아갑니다.

오늘날은 전 세계가 항공교통의 발전으로 한층 더 가까워져 가족처럼 살아가는 지구촌 시대입니다. 이제는 국가든 개인이든 자의든 타의든 서로에게 크고 작은 영향을 주고받으면서 살아갈 수밖에 없습니다. 이제는 멀고 먼 아프리카나 유럽에서 발생한 사건도 나의 삶과 무관할 수 없는 시대가 된 것입니다. 온 지구촌이 한 운명 공동체로 살고 있는 것입니다.

이 세상 어디에 참 안전한 곳 자유로운 곳 평안한 곳이 있을까요?

지금은 21세기 최고의 문명시대로서 더욱더 발전되고 풍요로운 세상으로 발전하여 행복해져야 할 텐데 오히려 질병으로 공해로 자연재해로 전쟁으로 내전으로 굶주림으로 더욱 더 암울하고 불행한 세상이 된 것 같습니다. 참 불행하고 슬픈 현상이 아닐 수 없습니다.

예수, 그분은 모든 악한 권세와 사망을 이기신 분입니다. 병든 자를 고쳐 주시고 죽은 자를 살리신 예수 그리스도, 죽은 지 사흘 만에 무덤에서 살아나신 그분은 오늘도 이 세상을 두려움과 불안에서 자유케 되기를 원하고 기다리십니다. 종교까지도 죄인들을 법으로 심판할 때 예수그리스도는 사랑으로 십자가에서 우리의 모든 죄와 허물의 대가를 치르시고 누구든지 예수를 믿으면 구원해 주신다고 약속하시고 영원한 천국으로 인도해 주십니다.

예수님께서 주신 평안은 어떤 평안일까? 일시적인 평안이 아니요, 시간이 흐르면 변질하는 평안이 아니요, 영원한 평안입니다. 죄 없는 인간이 있을까요? 세상에 의인은 없되 한 사람도 없다고 성경책에 기록되어 있습니다. 그렇습니다. 죄인인 인간이 누구에게 참 평안을 줄 수 있을까요? 불안과 두려움과 위기 가운데 있는 인류에게 십자가에서 피 흘려 죽으신 예수그리스도만이 참 자유와 평안을 주실 수 있습니다. 이것이 예수그리스도의 은혜요, 사랑입니다.

평안을 너희에게 끼치노니 곧 나의 평안을 너희에게 주노라 내가 너희에게 주는 것은 세상이 주는 것 같지 아니하니라 너희는 마음에 근심도 말고 두려워하지도 말라

(요한복음 14장 27절. 개역한글. 성경전서. 대한성서공회)

잊을 수 있어서

잊혀짐이 죄악이 아니라서 다행입니다. 나그네에겐 얼마나 큰 은혜인지요.

아무리 건강한 사람이라도 잠시잠간의 세월이 흐르고 나면 육신은 허약해지고 이곳저곳 아프기도 하고 금방 듣고 말한 것도 깜박하기 십상입니다. 물론 한평생 잊을 수 없는 떨리고 설렜던 결혼식이나 며칠간 즐거웠던 여행 같은 아련한 추억은 평생 잊을 수 없을 것입니다. 한평생 자식들 위해 고생만 하다가 돌아가신 우리 부모님도 죽는 날까지 잊을 수 없을 것입니다. 어느 날 문득 뒤돌아보면 철모른 어린 시절 국민학교 먼지투성이 운동장에서 또한 만경창파 펼쳐진 망망한 바닷가에서 함께 뒹굴며 뛰놀던 친구들이 보고 싶고 궁금해질 때도 많습니다.

이제는 언제 그런 시절이 있었는지 가물가물 잊혀져 갑니다. 가끔은 건망 증상이라 할 만큼 심할 때도 많습니다. 이제는 잊어버림이 나의 일상이 된 것 같습니다. 한참동안 그 잊어버림 때문에 이제는 나도 어쩔 수 없이 하얀 머리 만발한 노인이 되어 가는구나 서글픈 마음일 때가 많습니다. 최근 나보다 먼저 세상을 떠났거나 병환으로 고생한 친구를 보면서 나도 이제는 마음을 비우고 포기도 하고 정리도 하며 자연스럽게 찾아온 노년을 감사하게 받아들이려고 애써 봅니다.

이렇게 나이 들면서 건망증인지 모르겠지만 잊어버림의 증상이 점점 더해 갑니다. 허지만 이는 누구라도 겪고 살아야 하는 자연적인 현상이라 스스로 위로하며 별 신경쓰지 않기로 해 봅니다. 그렇게 생각하니 마음이 한결 가벼워집니다. 그러고 보니 깜박깜박 증상이 꼭 나쁘거나 잘못된 것만 아닙니다. 만약에 지난 시절 생각하기조차 싫은 부끄러운 순간들을 잊지 못하고 계속 생각해야 한다면 이거야말로 어찌 하겠는가? 생각만 해도 난처하고 민망할 것 같습니다.

그 암울했던 순간들 잊을 수 있어서 또 다시 일어나 억지로라도 웃으며 새로운 날들을 시작할 수 있었지요. 아무리 세월이 흘러도 산천이 변해도 결코 잊을 수 없을 것 같던 그리운 얼굴들이지만 사람이 얼마나 매정하고 무심한지 벌써 많이 잊혀 갑니다.

인생이 무엇인지 알아갑니다.

시험에 들지 않게

　사람이 창조된 이후 인간 세상에서 죄악이 사라진 적이 있는가? 악한 세력들은 오히려 더욱 더 활개치고 사회를 어지럽히고 있다. 오늘도 온 세상의 역사는 물론이요, 한 개개인의 삶까지도 그들의 노예로 살도록 세력을 펼치고 있다. 모든 곳에서 모든 사람들에게서 철저히 거짓과 분열을 일삼고 인간성을 파괴하고 평화를 깨뜨려 사악한 세상을 만들어 결국은 이 세상을 치유하고 회복해야 할 복음을 혼란케 하고 방해하는 것이다.

　이 세상의 그 어떤 무기로도 인간의 어떤 힘과 능력으로도 그들의 교활하고 어두운 세력을 몰아 내지 못한다. 그러나 아무리 크고 견고한 어두움의 세력일지라도 빛이 들어오면 그것은 순식간에 사라지듯. 마치 밤새도록 온 세상이 캄캄한 어둠으로 덮혀 있지만 새벽에 동이 트면 그 어둠은 어디론가 흔적도 없이 사라지고 만다, 빛만이 어둠을 몰아낼 수 있다. 그 어떤 어둠도 빛을 이길 수 없듯이 거짓은 진리를 이길 수 없다. 그 빛은 바로 예수그리스도이다.

지금도 이 세상을 거짓과 악으로 지배하려고 몸부림치는 사악한 세력들은 틈만 나면 사람들을 속이고 국가 사회는 물론이요 가정과 어린 청소년들의 영혼까지 파괴하고 있다. 이 세력들은 이 세상의 모든 사람들과 정치 경제 사회는 기본이요 모든 분야 모든 환경까지도 자기들의 도구로 이용하려고 한다. 심지어 종교나 사회 선한 사업이나 인터넷 영상 문화까지 교묘하게 최대한 잘 이용한다. 이들은 인간의 교만과 조금한 실수까지도 공격의 도구로 교묘하게 이용한다. 돌이켜 보면 인간만큼 강한 것이 없어 보이지만 인간만큼 연약한 존재도 없는 것 같다. 오늘도 온갖 시험과 유혹 많은 이 세상 한가운데서 굳건하게 믿음을 지키고 승리의 삶을 살도록 성령의 도우심을 기도합니다.

마귀의 간계를 능히 대적하기 위하여 하나님의 전신 갑주를 입으라 우리의 씨름은 혈과 육을 상대하는 것이 아니요 통치자들과 권세들과 이 어둠의 세상 주관자들과 하늘에 있는 악의 영들을 상대함이라 그러므로 하나님의 전신 갑주를 취하라 이는 악한 날에 너희가 능히 대적하고 모든 일을 행한 후에 서기 위함이라

(에베소서 6장 11~13절. 개역한글판. 성경전서. 대한성서공회)

나를 따라오려거든

이 사회의 한 사람으로 또 하나님의 자녀로 하루하루 살아가면서 가끔은 내가 지금 올바로 살고 있나? 생각할 때가 더러 있다. 예수님의 말씀을 따라 나름 열심히 신앙생활 하려고 애써 보지만 부끄러운 순간이 참 많은 것 같다. 지금까지 내 삶 가운데 얼마나 하나님의 뜻을 따라 순종했을까 하나님의 나라를 이루기 위해 얼마나 힘써 살았는가? 교회의 직분자로 또 선교단체 사역자로서 뒤돌아보면 무엇 하나 제대로 한 것이 없는 것 같다.

지금까지 살아온 날들이 내 맘에도 불만이고 내 맘에도 안 들 때도 많은데 누구의 마음에 들겠는가? 하물며 하나님 마음에는 어떠하겠는가? 하나님의 일은 매사에 하나님의 음성을 듣고 하나님의 인도하심을 따라 행하여야 하는데도 그렇지 못하고 오히려 지금까지의 오랜 습관처럼 내 생각 내 뜻이 마냥 하나님 뜻인 줄 착각하고 살아오지 않았는지 부끄럽기만 하다.

죄와 실수투성인 나 같은 사람이 하나님의 일을 한다는 것은 얼마나 조심스럽고 두려운 일인가. 하나님은 인간의 내면과 모든 삶을 훤히 다 보고 계시지 않는가? 나는 구원받은 자로서 하나님을 얼마나 영화롭게 하며 살고 있는가? 이 질문은 하루하루를 살면서 스스로 질문하고 대답해야 할 소중한 삶이 아닌가 생각해 본다. 예수님의 일생은 하나님의 뜻을 이루기 위하여 십자가에서 죽기까지 희생의 삶을 사셨다. 나는 어떠한가? 오늘따라 유난히도 사도바울의 "나는 날마다 죽노라"는 고백이 크게 들린 듯하다.

예수님께서는 "무리와 제자들에게 아무든지 나를 따라오려거든 자기를 부인하고 자기 십자가를 지고 나를 좇을 것이니라"(마가복음 8장 33절) 말씀하셨다. 이 세상은 과학이 발전하고 사람들의 삶이 윤택해질수록 또한 인간의 욕구도 더 강해지는 것은 당연할지 모른다. 앞으로 어떻게 예수그리스도를 따를 수 있을까? 복음을 위해 어떤 고난도 두려워 않고 믿음으로 살았던 예수그리스도의 증인들처럼 어떻게 하면 그들의 아주 작은 흉내라도 낼 수 있을까? 그들은 얼마나 예수님을 사랑하고 이웃을 사랑하며 하나님나라를 위해 자신의 전부를 바치고 또 기도하였을까? 주여 저희를 불쌍히 여겨 주옵소서.

2021. 6. 2. (수) 오후 5시

울산 CBS 감사기도

할렐루야

울산 CBS 이사회를 사랑하시는 하나님

오늘도 이 모임을 통해 새로운 하나님의 사람들을 세우며 (신입이사 추대) 함께 축복하고 교제할 수 있는 은혜 주서서 감사드립니다.

이시간도 CBS방송 현장마다 예수님의 권세와 복음의 능력이 불같이 일어나기를 기도합니다.

하나님 아버지

이 마지막 때에 여기 모인 우리들을 통해 하나님의 구원이 온 세상 땅끝까지 속히 이루어지기를 기도합니다.

그동안 울산 CBS를 위해 섬기신 본부장과 스텝들, 이사장과 이사회원들 그리고 이 시간 이 모임을 위해 정성껏 섬겨 주신 사업장 위에 오병이어의 역사로 축복해 주옵소서.

예수님의 이름으로 기도합니다.

2022. 5. 24. (화) 18:30 울산 CBS 이사회 중 기도

정체성을 찾아서

가끔 어르신들께서 요즘 애들은 너무 자기중심적인 것 같다는 얘기를 하신다. 그런 말씀을 들어서 그런지 기성세대보다는 신세대의 청소년들은 이전 세대보다 개성적이고 자기주장도 확실하고 표현도 여유롭고 자유로운 것 같다. 우리 후세들의 이런 모습이 자신감 있어 보이고 당당해 보이고 참 좋은 모습이라 생각한다. 이는 그동안의 높은 교육열과 경제적 문화적으로 한층 발전된 긍정적인 변화라 할 수 있을 것이다.

오늘날은 4차 산업 혁명 시대로서 더 많은 지식과 정보를 더 빠르게 더 풍성하게 더 다양하게 활용하고 누리고 살아가는 시대라고 할 수 있을 것이다. 그러나 그 이면에는 물질의 탐욕과 이기적이고 세속적인 사회로 급변하고 있다는 부정적인 측면도 부정할 수 없을 것이다. 이런 현상은 자연스럽게 사람들의 생활 속에 그대로 나타나고 있으며 기독교인들의 삶의 목표와 가치관에도 적지 않은 영향을 끼치고 있다고 해도 과언은 아니다.

하나님께서 천지를 창조하실 때 성경말씀에서 "우리"라는 표현이 반복적으로 나타나 있다.

"하나님이 가라사대 우리의 형상을 따라 우리의 모양대로 우리가 사람을 만들고 그로 바다의 고기와 공중의 새와 육축과 온 땅과 땅에 기는 모든 것을 다스리게 하자 하시고, 하나님이 자기 형상 곧 하나님의 형상대로 사람을 창조하시되 남자와 여자를 창조하시고"(창세기 1장 26~27절. 개역한글)라는 말씀이다. 이는 하나님의 나라를 누구와 함께 이루어 갈 것인가를 잘 나타내 주신 말씀이기도 하다. 하나님의 나라는 성삼위는 물론이요, 하나님의 형상대로 창조한 사람들과도 함께 이루어 가고자 하신 하나님의 마음이 아닌가 싶다.

그러나 하나님의 형상을 따라 창조된 사람들은 창조시대부터 지금까지 하나님을 떠나 하나님 목전에서 범죄하였고 결국은 예수그리스도를 십자가에 못 박아 피 흘려 죽기까지 이르고 말았다. 원래 사람은 하나님의 형상을 따라 창조되었건만 그러나 하나님을 속이고 범죄한 인간은 그에게서 빛과 생명 되신 하나님의 성품은 사라지고 하나님과의 친밀한 관계는 깨어지고 말았다. 인간의 불행이 시작된 것이다.

오늘도 이 마지막 때를 살면서 꼭 확인해 봐야 할 중요한 주제가 있다. 그것은 바로 신앙의 본질인 예수그리스도를 회복하는 일이다. 이것은 인간이 본래의 위치로 돌아가는 일이기도 하다. 그것은 종이 자기 신분을 인식하는 일이요, 자기의 주인을 알아보는 자신의 위치를 찾고 회복하는 일이다. 또한 아내가 자기 남편을 찾는 일이요, 자식이 자기 부모를 알아보는 일이다. 온 우주 온 인류가 자기를 만드시고 자기의 이름을 지어 주신 자기 인생의 주인 되신 하나님을 인식하고 찾는 문제이다. 즉 자기의 존재와 정체성을 회복하는 일이다.

그리하면 살리라

죽음도 하나님 앞에서는

　세상에서 가장 두렵고 슬프고 절망적인 말이 있다면 그것은 아마도 죽음이라는 말일 것이다.

　인생이 태어날 때의 그 기쁨과 환희의 순간을 잔인하게 마감하는 순간이 있다. 그 죽음은 한 인생을 끝내는 상태가 된다. 그의 불타던 열정도 그의 영특한 지혜도 그의 웃음도 그의 사랑도 여기까지요, 모든 희망이 쓸데없는 체념의 순간이다. 이것이 죽음이다. 그저 모든 역사의 진행이 정지된 상태, 다시는 시도조차 해 볼 수 없는 모든 기회의 상실이다.

　사람이 어떤 사정이나 요인으로 인하여 자기 스스로의 능력으로는 전혀 움직일 수 없고 볼 수 없고 들을 수 없고 대답조차 할 수 없는 상태일지라도 만일 그가 살아 있다면 그에게는 모든 기회는 살아 있고 모든 희망도 열려 있다고 할 수 있다. 새로운 가능성을 기대할 수 있다는 의미이다. 때로는 그가 정상적인 인간의 모습을 상실했다 할지라도 그의 생명이 살아 있다면 또 다시 언제인가. 그 이름을 소리쳐 부르며 달려가 안아 볼 수도 있고 못다 한 이야기도 나눌 수 있을 것이다. 그러나 죽음 뒤에는 그저 추억할 뿐이다.

이 세상에 사는 동안 죽지 않을 사람은 아무도 없다. 어찌 보면 이 세상에 태어난 순간 죽음이라는 문제를 짊어지고 태어난 거나 다름이 없지만 그 죽음이란 언어의 표현 자체가 하도 끔찍하고 두렵고 저주스러워서 숨기고 외면할 뿐이다.

그래서인지 가끔 어떤 사람은 아예 현실을 초월한 나름 대단한 인생관을 가지고 낙천적으로 사는 사람들도 있고 아예 자연 속으로 들어가 세상 욕심 다 비우고 자기만의 특별한 삶을 사는 사람도 더러 있음을 본다. 그만큼 죽음이란 사실은 인생에 있어 감내하기 어려운 고통이기도 하다.

그러나 하나님께서는 그 죽음을 뛰어넘어 구원의 길을 활짝 열어 놓으셨다.

사람을 창조한 하나님께서는 인간에게 긍휼을 베푸시고 사랑을 베푸시고 누구라도 영원히 살 수 있는 길을 활짝 열어 주셨다. 기독교에서는 이것을 구원이라고 한다. 이 구원은 예수를 믿는 믿음으로써 이루어지며 죽음이 없는 하나님의 나라 천국에서 영원히 사는 것을 말한다. 구원받은 사람은 그 두렵고 슬픈 죽음이라는 문제를 다시 영원한 영생의 새 소망으로 거듭남을 말하는 것이다. 하나님은 사람을 창조하신 분이시다.

예수께서 가라사대 나는 부활이요 생명이니 나를 믿는 자는 죽어도 살겠고 무릇 살아서 나를 믿는 자는 영원히 죽지 아니하리니 이것을 네가 믿느냐

(요한복음 11장 25~26절. 개역한글. 성경전서. 대한성서공회)

떡 이야기

예수님께서 하나님의 말씀을 전파하시고 가르치는 곳마다 많은 무리들이 따라다녔다고 성경은 당시의 상황을 기록하고 있다. 당시 헐벗고 굶주리고 질병으로 살아온 소외계층의 사람들을 예수님은 어떤 마음으로 만나셨는지, 마태복음 7장 29절에서 "그 가르치는 것이 권세 있는 자와 같고 서기관들과 같지 아니하였다"고 기록하고 있다.

예수님은 그 당시 사회로부터 소외된 사람들은 얼마나 긍휼히 여기며 그들의 영혼을 사랑하셨는지 짐작해 볼 수 있다. 당연히 예수께서 물로 포도주를 만든 가나 혼인잔치, 보리떡 다섯 개와 물고기 두 마리로 오천 명을 먹이신 오병이어, 수많은 병자들을 고쳐 주시고 죽은 자를 살려 주신 놀라운 표적과 기적의 현장은 수많은 사람들이 모여들 수밖에 없었을 것이다.

그렇게 예수님은 그 무리들의 고통과 필요를 해결해 주시고 새로운 삶을 살도록 생명의 말씀을 전파하셨다. 이것이 복음이다. 그러나 그 무리들은 그 표적을 행하시는 예수님보다는 자기들의 병을 고쳐 주시고 죽은 자를 살리신 그 기적 같은 일이나 배고플 때마다 빈 들판에서 수천 명이 마음껏 배불리 먹여 주시는 그 신기하고 놀라운 일들에 대하여 관심이 많았던 것 같다. 예수님 가시는 곳마다 큰 무리들이 따를 수밖에 없었을 것이다. 이런 현상은 그때나 오늘이나 비슷한 것 같다.

그때 예수님께서는 그 군중을 향해 이렇게 말씀하신다.

"너희가 나를 찾는 것은 표적을 본 까닭이 아니요 떡을 먹고 배부른 까닭이라"(요한복음 6장 26절)고 지적하시며 많은 무리들이 왜 예수 예수를 외치고 찾고, 왜 따라다녔는지를 잘 알고 계셨다. 그 무리들이 예수님을 따른 이유를 떡을 먹고 배부른 까닭이라고 지적하셨다.

그들은 말씀으로 병든 자를 고치시고 말씀으로 여러 표적과 기적을 행하신 그 예수님을 직접 보고 함께 있었으나, 무리들은 배부르게 먹어야 할 떡에 관심이 있었던 것 같다. 여기서 우리가 놓치면 안 될 주목해야 할 말씀이 있다. 요한복음 6장에는 떡이라는 단어가 여러 번 나온다. 그래서 요한복음 6장을 〈떡장〉이라는 별명을 붙여 보기도 한다. 이 요한복음 6장 떡장의 말씀은 돈이나 물질이 우상이 된 이 시대를 살아가는 우리들이 한 번쯤 고민하고 묵상해 봐야 할 말씀이 아닌가 생각된다.

여기에서 예수님께서 말씀하시고자 하는 떡은 육신의 굶주림만을 채워 주는 떡이 아니다. 하늘에서 내려온 산 떡이요, 영생하는 예수님의 떡이다. 우리가 열심히 예수를 믿는 이유가 또한 열심히 기도하는 이유가 혹시 육신의 떡만을 위함이 아닌가?

하나님의 떡은 하늘에서 내려 세상에게 생명을 주는 것이니라 저희가 가로되 주여 이 떡을 항상 우리에게 주소서

예수께서 가라사대 내가 곧 생명의 떡이니 내게 오는 자는 결코 주리지 아니할 터이요 나를 믿는 자는 영원히 목마르지 아니하리라

그러나 내가 너희더러 이르기를 너희는 나를 보고도 믿지 아니하는도다 하였느니라

(요한복음 6장 33~36절. 개역한글. 성경전서. 대한성서공회)

소명자의 길

사람들 중에는 어떤 특별한 소명을 받고 오로지 그 소명을 위해 살아가는 사람들이 있다.

신앙인에게 소명자란 하나님으로부터 부르심을 받고 그 부르심을 따라 살아가는 사람을 말한다. 성경 인물 중에 구약시대의 선지자 제사장 왕들, 신약시대의 사도 제자들 그리고 오늘날 교회 직분자들처럼 하나님으로부터 특별히 부르심을 받은 사람들이다. 그러나 더 적극적으로는 예수를 믿고 구원받은 사람들은 다 복음을 전파하고 하나님의 나라를 이루기 위해 살아야 할 부르심을 입은 소명자라고 할 수 있을 것이다.

부르심을 받은 사람은 부르신 분의 뜻을 따라 살아간다. 이것이 소명자의 길이요, 삶이다.

하나님의 부르심을 입은 사람은 하나님의 명령을 따라 살아간다. 그들도 당연히 이 세상에서 열심히 땀 흘려 살아야 하지만 그러나 자기의 부귀영화를 위해 살지 않는다. 오직 하나님의 부르심을 이루기 위해 살아간다.

소명자는 항상 그 부르신 분의 뜻이 무엇인지 늘 생각하며 살아간다. 그러기 위해서는 부르신 분과 다른 목표나 가치를 가지고 살아서는 안 된다. 자기 자신의 부귀영화와 꿈을 성취하기 위해 살아서는 안 된다는 뜻이다. 구원받은 성도는 하나님의 부르심에 합당한 목표와 가치로 살아가는 것이다. 그래야 어떤 유혹과 시험에도 흔들리지 않고 담대히 나아갈 수 있는 것이다. 때때로 어떤 판단과 결정이 필요한 때에도 부르신 분의 뜻에 합당한지 주의가 필요하다. 그래서 어떤 위기나 갈등에도 나의 의지가 아닌 부르신 분의 능력과 은혜를 힘입어 담대히 나아가는 것이다. 하나님의 부르심을 입은 자는 하나님을 바라보며 하나님을 따라간다. 그것은 말씀에 순종하고 성령의 충만함으로 살아가는 삶이라 할 수 있을 것이다.

세상은 급속히 발전하고 변하고 있다. 때때로 불안과 위기감을 크게 느낄 정도로 어지럽고 혼란한 시대임을 절감하며 살아간다. 어떤 고난과 상황에도 부르심의 뜻을 따라 자신의 생명까지도 아낌없이 바쳤던 믿음의 선배들처럼 우리도 소명자의 삶을 감당할 수 있기를 소망한다.

주여 우리를 통해 하나님의 뜻이 속히 이루어지기를 기도합니다.

그러므로 형제들아 더욱 힘써 너희 부르심과 택하심을 굳게 하라 너희가 이것을 행한즉 언제든지 실족지 아니하리라

그리하면 살리라

(베드로후서 1장 10절. 개역한글. 성경전서. 대한성서공회)

어느날의 푸념

6·25 전쟁 세대로 태어났다.

다시 올 수 없는 오늘이 또 지나간다.

오랜 시절 절실하고 절박했던 하루하루를 어찌 살았을까.

그 잔인한 세월은 순진한 시골 소년의 심장을 후벼 파 놓고 사라졌다.

아직도 치료하지 못한 그 아픔들이 이제는 그리운 추억으로 남는다.

철부지 시절 미처 못다 한 사랑 못 잊고 날려 보냈지만

어느 날 보니 새카맣게 피멍이 되어 다시 내 곁을 스치듯 지나간다.

그때야 내가 어떤 짓을 했는지 참회의 눈물을 흘린다.

사랑해야 하지만 미워하는 날도 많았다.

축복해야 했지만 원수 같은 날도 있었다.

질긴 고집은 항상 무딘 칼을 휘두르고

그 세월에 무서워 숨죽인 날들이 참 슬프고 슬프다.

그리하면 살리라

예수의 제자가 아니더라도 날마다 나를 부인해야 살 수 있었다.

항상 내 정체성은 나를 눈물 나게 했다.

때로는 사랑하면서 산 것이 아니었다.

이제 보니 살아가면서 사랑한 것도 아니었네.

감히 사랑이란 말을 입에 담지 말아라.

결국은 다 들통 난 아까운 내 인생

그래도 너희들이 있어서 감사하며 살았다.

너희들은 매일을 희년처럼 살아라.

너희들은 매일을 희년처럼 살아라.

오직 믿음으로

믿음은 신앙의 핵심이다.
믿음으로 구원을 얻는다.
믿음은 세상을 초월하는 능력이다. "가라 네 믿음대로 될찌어다"

신을 믿으면 목숨까지 바치는 신앙이 되고
목표를 믿으면 성공이라는 왕관을 얻기도 한다.
친구를 믿으면 의리가 되기도 한다.

믿음은 생사를 넘는 사랑을 만든다.
원수까지 사랑하려면 믿음이 필요하다.
믿음은 온 인류까지 사랑하는 불을 만들어 준다.
믿음은 자식까지 재물로 바칠 수 있는 신앙이 되게 한다.
믿음은 "바랄 수 없는 중에 바라고 믿는 것"이다.
마침내 믿음은 죄인을 구원하여 면류관을 씌우고
하나님의 자녀의 권세를 누린다.
오직 믿음으로.

어느 간증자

　기도회 부흥회 총동원 전도주일 등 특별한 또는 집회나 예배 중에 유명인의 신앙 간증을 듣고 많은 감동과 도전을 받게 된다. 간증은 지난 시절 자신의 고난의 때에 하나님의 특별한 은혜로 잘 극복하고 지금은 어려운 이웃과 사회에 그 받은 축복을 나누고 살아간다는 삶의 고백이기도 하다. 이렇게 간증을 듣다 보면 모처럼 깊은 감동도 받고 또 자신을 돌아보며 많은 은혜도 받고 새로운 각오와 결단을 다지는 소중한 기회가 된다.

　이렇게 특별한 집회나 대중 앞에서 소중한 간증을 나누는 훌륭한 분들도 있지만 그러나 자기만의 일상이나 이웃의 보이지 않는 어두운 곳에서 자기 삶을 통해 사회로부터 소외된 사람들 독거노인들, 고아원, 미혼모, 이혼가정 또는 술과 마약으로 살아가는 중독자들 최근에는 탈북자들이나 타 문화권에서 온 이주자들을 전문적으로 섬기는 분들도 많다. 일반인들은 보는 것조차 부담스럽고 때로는 어떤 희생까지도 필요한 어려운 일들을 그분들은 자신의 일처럼 감당하며 살아가는 무언의 간증자도 많다.

이런 간증자들은 세상적인 시각으로 볼 때 어리석은 사람처럼 보일 수도 있지만 자기 평생 모은 재산을 팔아 굶주리고 헐벗은 자들과 나누며 살아가는 사람들도 많다. 어떤 이는 죄인인 나를 위해 십자가를 대신 감당해 주신 예수께 사랑의 빚진 자로서 척박하고 열악한 타문화권 현지에서 불쌍한 영혼들을 섬기다가 그 땅에 묻힌 작은 예수도 많다, 그뿐이랴. 해마다 팀을 만들어 병원도 의약품도 없고 사람이 마실 물조차 없는 척박한 곳, 토착병과 온갖 질병이 만연한 위험한 곳을 찾아 젊음을 바친 선한 의료인들도 많다.

오늘도 우리 국가 사회와 이웃의 어두운 곳 상처 난 곳을 스스로 찾아다니며 함께 아파하며 살아가는 당신이야말로 예수의 살아 있는 증인, 바로 예수께서 세우신 간증자입니다. 당신을 존경합니다.

아빠 되기

드디어 D-Day 2019년 11월 9일, 며칠 전부터 설레고 들떠서 일이 손에 잡힐 리 없다. 예의 격식 무시하고 간절히 하나님 이름을 불렀으리라. 그날은 우리 아기가 태어난 날이기 때문이다. 그렇게 새신랑은 아빠가 되었다. 완전히 새로운 세상을 경험했을 것이다. 지금부터 모든 삶은 부부 중심에서 이제 막 태어난 아기 중심으로 일대 전환점을 맞이한 시간이다. 아직은 며칠이 안 되서 아빠가 된다는 것이 실감이 안 나겠지만 며칠 있다가 애기를 집으로 데리고 와 봐라 애기가 무언가를 보여 주리라 기대하시라. 이렇게 우리 아기는 신출내기 아빠를 부모가 어떻게 되어 가는지 시간표 없는 24시간 훈련을 시작했다.

아기가 태어난 후 애기 때문에 낮과 밤이 완전 뒤바뀌어 항상 비몽사몽 상태이다. 이제부터는 단둘이 살던 때의 자유롭고 여유로운 일상은 하루아침에 지난날의 추억이 되고 말았다. 하루하루가 어떻게 지나갔는지 언제 봄여름 가을 겨울이 왔다갔는지 정신이 없다. 그동안 아기와 씨름하다 보니 어느덧 일 년이 하루처럼 지나고 두

돌을 지나서 삼년 차의 달력이 벽에 걸려 있다. 정신없이 지났다. 얼마 전까지만 해도 제법 깔끔 떨고 그럴듯한 아가씨와 청년이었는데 어느새 털털한 아빠 엄마가 되어 있었다. 곧 어린이집 학부형이 될 테니 기대하시라 ㅎㅎㅎ.

　우리 부모님도 다 그렇듯 자식 낳고 살다 보면 어린 자식 커 감에 따라 철없던 부모도 그렇게 어른이 되어 가고 자식을 기르다 보니 어느덧 마음도 사랑도 점점 더 크고 넓은 부모로 어른으로 성숙해 간다. 어느 날 보니 전형적인 어린이집 학부형 스타일로 머리도 빠지고 이마도 넓어졌다. 칼 퇴근하고 집에 오면 자동으로 애기부터 챙기고 직장 생활은 비교도 안 될 정도로 또 다른 육아와 가사가 기다리고 있다. 그 깔끔 떨던 청년도 이제는 집안 정리도 청소도 대충대충, 방마다 구석마다 장난감으로 애기 옷가지로 정신없이 널부러져 있어도 이제는 그러려니 하며 잘 적응해 살고 있는 것 같다. 네가 그 아들이 맞냐?

　이제는 자연스럽게 애기와 잘 놀아 준 제법 아빠의 모습을 본다.
　가끔 아들에게서 지금부터 40여 년 전 아빠 초년생이었던 그때의 나를 보는 것 같다. 참으로 오랜만에 까마득 잊고 살았는데 그때 내 모습이 심심찮게 떠오른다. 그때 애기였던 너희의 기저귀를 갈아입히고 목욕시키고 틈만 나면 사진 찍고 시간 간 줄 모르고 살았던 그 시절이 생각난다. 참 세월이 빠르네 엊그제 같은데.

　그렇다. 부모는 자식을 키우고 자식은 부모를 하늘보다 높고 넓은 어버이로 만든다.

　벌써 40년 전 기저귀 채우던 그 애기가 잘 자라서 오늘은 든든한 아빠로 어른으로 이 어려운 시대를 함께 살아간다.

　부모는 어떤 사람인가? 다 설명할 수 없는 말이다.

2022. 1. 20. (목) 새벽에

예수님이 기다린 곳

보릿고개 시절이 얼마나 지났다고 이렇게 흥청망청인가?

우리 부모님 세대까지만 해도 일본 치하에서 억울하고 고통스러운 식민지 생활을 겪었으며, 해방은 되었지만 6·25 전쟁으로 생사를 넘나드는 비참한 한 시대를 살았다. 우리가 태어났을 때만 해도 출생신고를 몇 년이 지나서야 하곤 했다. 왜냐면 건강하게 잘 자라나야 할 어린 아기가 가난과 질병으로 죽는 일이 적지 않았기 때문에 몇 년을 지나고 있다가 그때까지 죽지 않고 살아 있으면 그때야 출생신고를 하곤 했다. 그래서 우리 기성세대는 실제 나이와 호적상 나이가 서너 살쯤 차이가 나는 경우가 허다했다.

보릿고개란 말을 들어 보았을 것이다. 우리 부모님 세대는 가난에 대한 심각성을 지긋지긋한 삶을 통해 잘 알고 있다. 지금 같으면 상상도 못할 어린애들이 굶주려 죽는 일 질병으로 죽는 일이 그때는 그리 특별한 일이 아니었기에 지금 생각해도 너무 슬프고 가슴 아픈 일이었다. 그뿐 아니다. 한동네에서 같은 이웃의 친구로 살아도 가난한 집의 부모나 자식들은 끼니를 먹고 살기 위해 부잣집의 머슴살이를 하면서 살아야 했던 피눈물 나는 한 시대를 보냈다. 이제는 의식주의 기본적인 생활은 해결된 시대를 살고 있으니 얼마나 대단하고 다행인가 이제는 우리나라도 6·25 전쟁 때 세계 많은 국가들로부터 받은 원조와 은혜를 이제는 가난과 질병에 고통을 겪고 있는 어려운 나라 사람들을 찾아 보답하는 마음으로 겸손히 섬겨야 한다.

불과 몇십 년 전 우리가 어렸을 때 6·25와 전쟁 후 가난한 시대 받았던 큰 도움의 역사를 결코 잊어서는 안 된다. 특히 한국 교계는 불과 몇 년 전까지만 해도 우리 민족과 온 세계 열방을 향해 복음의 깃발을 높이 들고 교회마다 불같이 일어났다. 세계 제2의 선교국이 될 정도였다.

오늘은 어떤가. 세상이 너무 혼란스럽다. 우리 기독교인들은 늘 깨어 믿음을 잘 지켜야 한다. 물질주의에 빠져 자기만의 욕심을 위해 산다면 교회는 열심히 다니지만 예수님과 복음과 무슨 상관이 있겠는가?

우리는 지금 최첨단의 과학 문명의 편리함과 물질적 풍요로움을 누리고 살지만 우리 이웃이나 지구촌 곳곳에는 아직도 춥고 어두운 곳 따뜻한 사랑과 도움이 필요한 사람들이 얼마나 많은지 모른다. 오늘도 예수님께서는 그곳에서 우리를 기다리고 계신지 모른다.

네 하나님 여호와께서 이 사십 년 동안에 너로 광야의 길을 걷게 하신 것을 기억하라 이는 너를 낮추시며 너를 시험하사 네 마음이 어떠한지 그 명령을 지키는지 아니 지키는지 알려 하심이라

(신명기 8장 2절. 개역한글. 성경전서. 대한성서공회)

2021. 6. 17. (목) 저녁

이야기 2

사랑의 천국, 가정

사랑의 천국, 가정

가정은, 인생이란 무엇인가 질문하는 곳이요, 이것이 인생이란다. 대답하는 곳이다.

부부는 가장 남남이던 사람이 가장 가까운 사람으로, 가장 다른 사람이 가장 닮은 사람으로, 가장 모르는 사람이 가장 잘 아는 사람으로 만나 그렇게 세월과 함께 만들어져 갑니다. 처음 시작할 때 그렇게 낯설고 어색하고 남남이었던 두 사람이 하루하루를 알아가면서 그렇게 조심스럽게 시작을 해 봅니다. 때로는 긴장도 하고 감격도 하고 때로는 놀라기도 하면서 서로가 조금씩 친숙하고 익숙해져 갑니다. 그러던 어느 날 서로의 얼굴을 쳐다보니 서로가 조금씩 닮아 가고 있음을 느껴 보기도 합니다.

날카롭고 예리한 거친 돌멩이들이 바닷가의 귀엽고 예쁘고 아기자기한 몽돌처럼 잘 다듬어지고 있었습니다. 그동안 얼마나 깎이고 꺾이고 눈물겨운 인내의 시간이 필요했겠는가? 때때로 부부란 무엇일까? 날마다 묻고 싶은 이 질문 앞에서 미리 공부도 안 하고 큰 관심도 없이 덜렁 결혼한 게 얼마나 당돌하고 무지한가! 뒤늦게 정신

114

이 번쩍 들 때도 많습니다. 그냥 나이 차고 적당한 사람 있으면 결혼 했던 게 현실이 아니었던가 스스로 합리화하면서 위로하곤 한다.

성경말씀 창세기에서 보면 하나님께서는 남자의 몸에서 뼈를 취하여 여자를 만들었다고 한다. 그것은 한 몸이란 대 전제 아래 사랑이라는 의미도 있고 서로 깊은 관계라는 뜻도 있을 것이다. 하나님께서 이렇게 부부를 만들어 가정을 이루게 한 것이다. 그렇게 이루어진 가정의 주인은 당연히 하나님입니다. 그래서 가정이 얼마나 소중하고 고귀하고 사랑과 축복의 공동체인지 두말할 필요가 없다. 이렇게 가정을 본래의 형태로 잘 유지하고 살기 위해서는 얼마나 많은 사랑과 인내가 필요한지는 성경에서뿐 아니라 이미 부부로 살아온 분들은 잘 이해할 것이다.

오늘날 우리 사회에서 얼마나 많은 가정들이 거룩성과 순결성을 잃어버리고 온몸과 마음으로 고백했던 그 뜨거운 사랑이 어느 날 무엇 때문에 이렇게들 아파하고 갈등하고 미워하고 그래서 파괴되고 있는지 걱정이 안 될 수 없다. 이는 그 가정뿐 아니라 우리 이웃과 국가사회의 큰 아픔이요, 불행이다.

가정은 사랑이다. 부부도 사랑이다. 자녀들도 사랑이다. 희생적인 사랑이다. 이 사랑이 아니고서는 하나님께서 세워주신 성스러운 가정 공동체를 본래의 모습으로 지킬 수 없고 유지할 수 없다. 가정은 이 세상에서 가장 따뜻한 보금자리요, 가장 편하게 쉴 수 있는 곳이다. 가정은 사랑의 천국이다. 인생이 처음 오는 곳이요, 마지막 떠나는 곳이 가정이다. 이 세상에서 가정을 대신할 공동체는 없다.

가정은, 인생이란 무엇인가 질문하는 곳이요, 이것이 인생이란다 대답하는 곳이다.

2021. 6. 18. 새벽

어느덧

마음은 아직 청년인데 벌써 70대 중반이다. 나도 모르게 어느덧이라는 말이 습관처럼 나온다. 얼굴은 어느덧 깊은 주름살로, 그 힘 있고 숱 많은 검은 머리는 어느덧 손에도 잘 잡히지 않는 하얀 머리카락 몇 개 샘플로 남았다. 어느덧 돌아보니 항상 철모른 어린 애들 같기만 하던 자식들이 어느덧 중년이 되어 있는 얼굴을 보니 한편 짠하고 안타까운 마음이 든다. 언제 이렇게 되었나? 여러 생각들이 스친다.

어느덧 세월에 밀리고 삶에 쫓겨 오늘까지 이르고 말았다. 이제는 더 꿈틀거릴 기운도 불같은 열정도 도전도 하루하루 쇠잔해져 간 육신과 함께 그나마 가장 밑바닥에 쪼금 붙어 있던 자신감마저도 씻겨 나가고 있음이 보인다. 아무리 두 손을 휘두르고 두 눈을 부릅떠도 붙잡을 수 없는 세월, 그렇게 내 인생은 저 높고 무한한 하늘을 급하게 지나는 구름처럼 급한 일이라도 생겼는지 더 빨리 달리고 있는 것 같다. 때로는 질병으로 때로는 살기위해 다툼과 투쟁으로 비바람 휘몰아치는 폭풍 속에서 나뒹굴기도 하고 어떤 날은 거대한 바위에 눌려 숨 쉬기조차 고통스러운 때도 많았다.

　그러나 아무리 모질고 큰 위기도 끝나는 날이 있으니 얼마나 다행이고 감사한 일이 아닌가? 이 모든 상황을 다 보내고 새로운 하늘 새로운 땅을 바라볼 수 있음이 또한 얼마나 큰 축복인가?

　아직도 내 심장엔 젊은 시절의 그 이루지 못한 꿈들이 차마 떠나지 못하고 여전히 꿈틀대지만 이제는 무리하지 말라고 온몸이 신호를 보내고 있다. 이제라도 남은 일들을 잘 마무리하고 가족에게 자식에게 가까운 이웃에게 좋은 모습을 남겨야 할 텐데 벌써 마음이 쓰인다.

　우리는 당신 때문에 행복했습니다. 이 한 말씀 들을 수 있다면 얼마나 다행이겠는가?

아버지 보고 싶습니다

아버지께서 피땀 흘려 살다가 남겨 놓은 이 세상을 또 이 아들이 이렇게 땀흘리며 살아갑니다. 아버지 떠나신 뒤 그 든든하게 붙잡고 살았던 밧줄이 끊어진 것 같았습니다. 이제는 누구를 아버지라 불러야 하지? 아버지 안 계신 세상을 처음으로 겪어 보았습니다. 벌써 40년 전 이야기입니다.

아버지, 의식주조차 해결할 수 없었던 암울한 시대 간신히 먹고살 만한 농사조차 일본에게 수탈당하고, 6·25 전쟁으로 온 나라는 가난과 질병으로 오늘도 살지 죽을지 모르고 살던 그 시대 오직 자식들 위해 온몸이 다 무너진 줄도 모르고 살으셨지요.

한평생 먹고 살아야지 자식 키워야지 하루도 맘 놓고 허리 펴 본 적 없고 두 다리 쭉 뻗고 누워 본 적 없이 숨 가쁘게 사셨던 부모님, 수년 동안 거동을 못하시고 방에 누워 계실 때에도 빗자루 들고 마당 한번 쓸어 보고 싶어 하셨던 아버지. 날이면 날마다 겨우 방문 열고 자식들 이름 부르며 기다리는 마음으로 그 고통의 시간들을 달래셨지요.

아버지.

평생 자식들에게 이놈아 자식들 놀랄까 봐 큰 소리 한 번 친 적 없는 우리 아버지. 그렇다고 자식들에게 사랑한다고 말씀해 본 적도 품에 안아 본 적도 다정하게 손을 잡고 함께 걸어 본 기억은 없지만 자식들 위해 가족을 위해 평생을 새벽부터 들로 산으로 바다로 가리지 않고 돌아다니셨던 아버지를 이제야 조금은 짐작할 듯합니다. 밤에는 꾸벅꾸벅 졸면서 집신 만드시고 낮에 거두어들인 농사물 손질할 때면 항상 아이고 허리야~ 한숨을 입에 달고 사셨지요. 몸이 12개라도 모자랄 모내기 보리타작 가을 추수기 농번기 때에도 학교만은 꼭 가라고 하시던 아버지, 언제 한번 볼 수 있을까요? 요즈음 따라 더 생각나고 많이 보고 싶습니다. 아버지와 따뜻한 차 한잔 나누지 못한 게 이렇게 아쉬움으로 남아 있습니다.

아버지, 늘 말씀하셨지요. 자식들 바라보시며 너희들이 유일한 희망이라고 고달픈 하루하루를 살아갈 힘이라고 하셨지요. 명절이나 휴가철이 되면 몇 날 전부터 방문을 활짝 열어 놓고 어두워질 때까지 방문을 닫지 못하고 마당을 서성이셨지요.

우리 할아버지 아버지 세대는 1900년대 우리나라 굴곡의 역사와 함께 피눈물로 살았던 대한민국 현대 역사의 주인이요, 산 증인입니다. 아버지 이제는 내가 또 아버지의 남은 삶을 이어받아 이렇게 아버지로 살아갑니다. 아버지 한평생 고생 많으셨습니다. 감사했습니다.

아버지의 눈물

이채(시인)

남자로 태어나 한평생 멋지게 살고 싶었다
옳은 것은 옳다고 말하고
그른 것은 그르다고 말하며
떳떳하게 정의롭게
사나이답게 보란 듯이 살고 싶었다

남자보다 강한 것이 아버지라 했던가
나 하나만을 의지하며 살아온 아내와
눈에 넣어도 아프지 않을 자식을 위해
나쁜 것을 나쁘다고 말하지 못하고
아닌 것을 아니라고 말하지 못하는 것이 세상살이더라

오늘이 어제와 같을지라도
내일은 오늘보다 나으리란 희망으로
하루를 걸어온 길 끝에서
피곤한 밤손님을 비추는 달빛 아래

쓴 소주잔을 기울이면
소주보다 더 쓴 것이 인생살이더라

변변한 옷 한 벌 없어도
번듯한 집 한 채 없어도
내 몸 같은 아내와
금쪽같은 자식을 위해
이 한 몸 던질 각오로 살아온 세월
애당초 사치스런 자존심은 버린 지 오래구나

하늘을 보면 생각이 많고
땅을 보면 마음이 복잡한 것은
누가 건네준 짐도 아니건만
바위보다 무거운
무겁다 한들 내려놓을 수도 없는
힘들다 한들 마다할 수도 없는 짐을 진 까닭이다
그래서 아버지는
울어도 소리가 없고
소리가 없으니 목이 메일 수밖에

용기를 잃은 것도

열정이 사라진 것도 아니건만

쉬운 일보다 어려운 일이 더 많아

살아가는 일은 버겁고

무엇하나 만만치 않아도

책임이라는 말로 인내를 배우고

도리라는 말로 노릇을 다할 뿐이다

그래서 아버지는

울어도 눈물이 없고

눈물이 없으니 가슴으로 울 수밖에

아버지가 되어 본 사람은 안다

아버지는 고달프고 고독한 사람이라는 것을

아버지는 가정을 지키는 수호신이기에

가족들이 보는 앞에서

약해서도 울어서도 안 된다는 것을

그래서 아버지는 혼자서 운다

아무도 몰래 혼자서 운다

하늘만 알고

아버지만 아는….

여기 소개한 시는 이채(시인) 선생님께서 지은 시로서 시집이나 인터넷 등에 널리 소개되어 있습니다. 하루하루 인간답게 살아가기에도 너무도 벅찬 이 세상에서 자식들 위해 자신을 희생하고 가정을 지키며 살으셨던 우리 아버지들의 삶을 되돌아보게 합니다.

또한 오늘도 아버지로 살아간 우리들의 눈물이기도 합니다.

부르심 앞에서

나 같은 허물 많은 사람을 왜 부르실까요.

나 같은 무능한 자를 왜 부르실까요.

하나님의 부르심에 엎드립니다.

나 같은 부족한 사람을 왜 부르실까요.

하나님의 부르심에 엎드립니다.

하나님을 잃어버린 세상은 참 혼란스럽습니다.

하나님께서 급히 부르십니다.

일확천금에 사람들의 눈이 쏠립니다.

하나님께서 조용히 부르십니다.

교회가 거룩한 소명을, 가정이 사랑의 교회됨을 다하라.

하나님께서 정신 차리라고 부르십니다.

부르심을 받은 자들이 누군가요.

이 마지막 때를 위하여 보낸 자들이 아닌가요.

이 위기의 때를 위하여 결단해야 할 자들이 아닌가요.

날마다 예배드리고 기도하는 하나님의 사람들
먼저 구원받은 우리들이 아닌가요.

나 같은 자를 부르심에 너무 죄송하여
나 같은 자를 부르심에 너무 감격하여
곧 그물을 던져 버리고 예수를 좇았던 제자들처럼
오늘도 자기를 버리고 십자가를 지고 따를 자를 부르시는데.

너희를 부르신 이는 미쁘시니 그가 또한 이루시리라
(데살로니가전서 5장 24절. 한글개역. 성경전서. 대한성서공회)

우리가 알거니와 하나님을 사랑하는 자 곧 그 뜻대로 부르심을 입은 자
들에게는 모든 것이 합력하여 선을 이루느니라
(로마서 8장 24절. 한글개역. 성경전서. 대한성서공회)

2021. 6. 24. (목) 아침

코로나, 시대적 산물

2020년 시작하자마자 전 세계로 급속히 확산되었던 코로나19 질병 사태는 언제 어디에서 살든지 전 지구촌의 그 누구라도 감염을 피할 수 없다는 불안과 두려움 속에 시간들을 보내고 있다. 이로 인하여 전 세계 곳곳에서 불과 2년여 만에 4백만 명의 사람들이 사망했으며 2억 명의 사람들이 확진되어 치료중이라고 한다. 코로나19는 이제 경제 사회 문화 종교 등 전 분야에 걸쳐 막대한 영향을 미치고 있다. 다행히 2021년부터 코로나19 백신약이 개발 되어 점차 예방 접종이 실시되고 있으나 후진국은 아직도 백신 예방접종이 원활히 이루어지지 않고 있는 가운데 계속 확진자의 증가와 더 강한 변이 바이러스의 발생으로 각 나라마다 방역에 더욱 긴장하고 있는 현실이다.

코로나19는 국가 사회는 물론이요, 국민들의 일상생활에까지 크게 바꾸어 놓았다.

교육계에서도 각급 학교의 휴교가 이어졌고 모든 종교 시설에도 집회 활동이 통제되고 있다. 처음 발생할 때만 해도 이 사태가 곧 지나가겠지 했지만 벌써 2년을 보냈다.

그동안 교회에 함께 모여 예배를 드리지 못하는 동안 성도들은 어떻게 보내고 있을까?

이렇게 되기까지 전 세계 곳곳에서 산더미처럼 발생한 공해와 자연 환경의 파괴는 결국 코로나19와 같은 새로운 질병을 유발하는 환경이 되었다고 할 수 있을 것이다. 즉 이번 코로나19 같은 질병도 인간 스스로가 만들어 낸 소산물이라 할 수 있을 것이다. 전 지구촌은 앞으로도 언제 어디서 또 이런 일이 터질지 모른다는 두려움과 불안감을 안고 살아야 할지 모른다. 이번 코로나19의 불안과 혼란의 세상을 살아오면서 그동안 우리가 하나님 앞에서 어떻게 살았는지 돌아보는 성찰의 기회가 되기도 하였다.

그동안 우리나라는 전 세계 국가 중에서도 그 유래를 찾아보기 어려울 정도로 비약적인 경제적 발전을 이루었고 따라서 국민들의 삶도 크게 향상되었다고 할 수 있다. 예를 들면 아파트 시대 자가용 시대 의료 보건의 혜택 등 의식주 문제부터 일상생활까지 크게 달라졌다.

이제는 제4차 산업혁명 시대로 더욱 더 빠르고 역동적인 최첨단 과학시대로 발전되면서 삶의 모습도 크게 변하고 있다. 그동안 가

그리하면 살리라

족중심의 전통 사회에서 개인중심 사회로, 경제적으로는 아끼고 절약하는 생활방식에서 이제는 소비하고 지출하는 생활이 미덕인 세상이 되었다. 앞으로도 사람들은 더욱 더 물질적 풍요와 번영을 추구하는 사회가 될 것 같다.

코로나19뿐 아니라 하나님을 잊어버리면 어떤 세상이 되는지 온 인류는 체험하며 살고 있다.

2021. 6. 28. (화) 깊은 밤에

나의 연약함이여

죄인들이 죄를 용서받고 영생까지 얻는 것은 말로 다 할 수 없는 오직 하나님의 은혜이다. 예수께서 이 세상에 오셔서 십자가에서 죽으심으로 죄인인 나를 구원해 주신 이 놀라운 은혜를 거저 받았는데 그렇다면 나는 어떻게 사는 것이 구원받은 자의 삶을 사는 것인지? 어떻게 사는 것이 하나님의 기쁘신 뜻을 따라 사는 삶인지? 성령께서 인도해 주시기를 기도한다.

언제부터인가 내 나이가 무려 70대라니 내 스스로 깜짝 놀라서 거울에 내 얼굴을 가까이 비춰 보기도 한다. "우리의 년수가 칠십이요 강건하면 팔십이라도 그 년수의 자랑은 수고와 슬픔뿐이요 신속히 가니 우리가 날아가나이다(시편 90장 1절. 개역한글)" 말씀처럼 정말 지난 내 인생은 바람에 날아간 듯하다. 그래서인지 요즈음은 내 인생이 앞으로 얼마나 남아 있을지 모르지만 여기까지 하나님의 은혜로 살아 왔듯이 앞으로도 또한 하나님께서 내 남은 시간들 인도해 주실 것을 믿는다.

나 같은 죄인 중의 죄인을 구원하기 위하여 예수님은 십자가에서 나를 대신하여 죽으심으로 대가를 치르셨다. 그 은혜로 나는 영생의 복을 얻었는데 나는 한 번만이라도 내 모든 것 다 내려놓고 내 안에 예수그리스도로 충만해지고 싶지만 아직도 내 믿음이 많이 부족한 것 같다. 주님께서 이 세상에 계실 때 "회개하라 천국이 가까웠다"고 말씀을 전파하신 것처럼 이웃에게 또 온 세상 땅끝까지 어서 속히 예수님의 천국복음이 전파되기를 소원한다.

　온 세상의 영혼들을 사랑하시되 죽기까지 사랑한 그 십자가의 사랑, 우리가 그 사랑으로 구원 받았고 그 은혜로 이렇게 살고 있음을 인간의 지혜로 어찌 다 깨달을 수 있으리요. 이 우주보다 크고 넓은 예수그리스도의 사랑이 내 심령 안에 가득차고 넘쳐 이웃으로 온 세상으로 흘러가기를 소원하고 기도한다.

인간만이

자연은 봄이나 여름이나 차별하지 않습니다.
햇빛은 큰 나무든 작은 나무든 차별하지 않습니다.
새들은 숲이든 강이든 차별하지 않습니다.
바람은 산이든 바다든 차별하지 않습니다.

흙은 곡식이든 잡초이든 차별하지 않습니다.
바다는 큰 고기든 작은 고기든 차별하지 않습니다.
깊은 산속은 기어다니든 날아다니든 차별하지 않습니다.
인간은 형제까지도 차별을 합니다.

내가 두 가지 일을 주께 구하였사오니 나의 죽기 전에 주시옵소서
 곧 허탄과 거짓말을 내게서 멀리 하옵시며 나로 가난하게도 마옵시고
부하게도 마옵시고 오직 필요한 양식으로 내게 먹이시옵소서, 혹 내가 배
불러서 하나님을 모른다 여호와가 누구냐 할까 하오며 혹 내가 가난하여
도적질하고 내 하나님의 이름을 욕되게 할까 두려워함이니이다
 (잠언 30장 7~9절. 개역한글. 성경전서. 대한성서공회)

배움

같은 담임 선생님께 배웠다.

같은 책으로 같은 교실에서 같이 배웠다.

나중에 만났다.

○○아 이름은 맞는데 그 똘똘한 시골 소년의 얼굴은 아니었다.

머리는 하얗게 변하고 어눌해 보인 노인으로 나타났다.

우리는 너무 달라서 못 알아볼 뻔했다.

너 내 짝꿍 맞냐?

그래 너도 만만치 않네. 온 얼굴에 깊은 주름살 완전 할아버지네.

그동안 어떻게 살았어?

우리 마을 잘 지키고 살고 있어. 마을의 머슴처럼.

그때 우리 학교 교훈이 "어른을 공경하자"가 아니었냐.

그래. 너는 어떻게 잘 살고 있냐?

응. 나는 대기업 사장도 하고 그런 대로 지내고 있어.

그렇구나 대단하다야. 그때 너는 공부도 항상 1등 했잖아.

그래 오랜만에 고향에 왔는데 가족은 같이 왔어.

아니 가족은 없어. 얼마 전 이혼하고 자식은 없고.

요새 자꾸 고향 생각이 나서 이렇게 와 봤어.

오는 중에 혹시 너라도 만나면 좋겠다고 생각했는데….

왠지 자꾸 눈물이 난다. 고향이라서 그런가?

나는 내가 무척 독한 놈인 줄 알았는데

지금까지 누구 앞에서도 울어 본 적이 없거든.

친구야 그때 우리 담임선생님 말씀도 많이 생각나네.

"먼저 인간이 되자" 그때는 무슨 말인지 몰랐는데….

모처럼 고향에 와서 다시 배우고 돌아갑니다.

십자가를 볼 때마다

가끔 길을 가다가 건물들 지붕 위에 높이 서 있는 십자가를 볼 때가 있다. 어떤 때는 나도 모르게 물끄러미 쳐다볼 때가 있다. 누가 저 십자가를 세웠을까? 누가 왜 세웠을까? 그리고 십자가를 세우기까지 얼마나 부르짖었을까? 오늘밤 십자가는 유난히도 붉게 빛나는 것 같습니다.

어떤 이는 저 십자가 바라보며 내 죄를 용서해 달라고 얼마나 가슴 치며 회개했을까? 또 누군가는 저 십자가 바라보며 고통스런 내 병든 몸 고쳐 달라고 얼마나 매달려 기도를 올렸을까? 저 십자가는 죄지은 자 병든 자 버림받은 자 소외된 자 억울한 자 누구든지 다 오라는 예수님의 초청입니다.

제가 잘 아는 어느 목사님은 젊은 시절 안타깝게도 어린 자식을 교통사고로 잃고 그 위로금으로 그 사고 난 지역에 교회를 개척하고 십자가를 세웠다고 합니다. 수십 년이 지난 지금도 그 교회를 섬기며 그 아들의 삶까지 산다고 합니다. 그 십자가는 그 땅의 수많은 영혼들을 살리는 생명의 도구가 되었습니다. 그 십자가는 억울한 일을 당했을 때 기도하고 내가 행한 죄악이 너무 부끄럽고 죄송해서 기도하고 중병에 걸린 이웃의 질병을 치료해 달라고 기도하고, 온 세상 땅끝까지 어서 속히 복음이 전파되기를 기도합니다.

살다가 너무 힘들 때마다 붙들고 울었던 십자가. 십자가는 이 세상을 심판하지 않고 구원하기를 원하시는 하나님의 약속이요, 헤아릴 수 없는 하나님의 사랑입니다.

십자가 그 사랑 (찬양곡. 작사 작곡 하스데반)

십자가 그 사랑 멀리 떠나서 무너진 나의 삶속에 잊혀진 주 은혜
돌 같은 내 마음 어루만지사 다시 일으켜 세우신 주를 사랑합니다
주 나를 보호하시고 날 붙드시리 나는 보배롭고 존귀한 주님의 자녀라
지나간 일들을 기억하지 않고 이전에 행한 모든 일 생각지 않으리
사막에 강물과 길을 내시는 주 내 안에 새 일 행하신 주만 바라보리라
주 나를 보호하시고 날 붙드시리 나는 보배롭고 존귀한 주님의 자녀라

코로나19에 걸려 보니

    그렇게 마스크 쓰고 대면도 조심하고 나름대로 방역지침 지키고 버티었으나 2022년 9월 어느 날 우리 부부도 확진되고 말았다. 다행히 그렇게 심하지 않은 편이었다. 체온도 거의 정상인데 첫날밤을 지나고 새벽쯤에 한기가 심하게 왔다. 집안을 완전히 한겨울 온돌방처럼 뜨끈뜨끈하게 해 놓고 내의를 꺼내 입고 견디었다. 그리고 병원에서 처방해 준 약도 먹고 하니 몸 상태도 좀 나아지고 안정이 되었다. 그런데 그 독한 약 때문인지 계속 졸음이 오고 누우면 잠이 들었다. 평소 늘 수면부족으로 잠자려고 애쓰던 나에게 이게 웬 떡이냐 정도였다.

    간혹 한기증이 심할 때는 노인들이 이러다간 자기도 모르게 돌아갈 수도 있겠구나 싶었다. 이래서 메스컴 뉴스에서 코로나19로 돌아가신 분들이 대부분 노인들이구나 하는 생각이 들었다. 그런데 이렇게 아프면 다음 주 월요일 WEC 울산지부 10월 정기기도회날이고 곧 바로 다가오는 11월 4일~5일 WEC 전국지부장 리트릿 준비는 어떻게 하지? 생각하니 정말 걱정이 되었다. 그래서 코로나 확진

중이지만 기간을 정하고 기도하기로 하였다. 기침이 나와서 제대로 기도하기 어려웠지만 마음을 하나님께로 두고 자유롭게 마음껏 기도의 시간으로 보냈다.

온몸이 한기로 자꾸 뒤척이다 보니 일정한 자세로 유지하는 것 자체가 안 되었다. 사람이 얼마나 연약한 존재인지 절절하게 깨닫는다. 이럴 때의 기도는 그저 잠깐 동안 하나님과 통화 할 정도였다. 그동안 내 인생의 마지막 기도제목을 10가지 정하고 수시로 기도하고 있었다. 이번의 아픔을 통해서 앞으로 내가 얼마나 더 건강한 모습으로 기도할 수 있을까? 느껴 보는 기회가 되었고 또 이런 질병에 걸린다면 어느 순간에 위험한 상황이 발생할 수도 있겠다는 마음이 들었다. 그래서 하루하루가 더욱 절박하게 느껴졌다.

이번에 기도하면서 느끼는 마음이 있었다. 이러한 상태인 나를 향한 하나님의 사랑과 긍휼하심이었다. 다 하나님께 맡겨라. 하나님께서 하신다. 그렇다. 다 하나님께 맡겨 드리자. 비로소 마음의 평온을 찾았다. 하나님 나의 아버지 감사합니다. 며칠 후에 WEC 10월 정기기도회와 11월 4일(금)~5일(토) 1박2일 동안 울산에서 개최할 "2022 한국 WEC 전국지부사역자 리트릿"의 준비를 잘 할 수 있도록 저희에게 건강함과 지혜를 주시고, 그 행사 기간 동안 좋은 날씨와 전국에서 오시는 지부 사역자들의 왕래와 KTX와 고속도로의 교통

편을 지켜 주옵소서. 편하고 기쁜 마음으로 기도할 수 있었다. 하나님 감사합니다.

75살 인생론

거울에 얼굴을 들이대고 다 늙은 손으로 이리저리 주름살을 펴 본다. 머리카락 한 올 한 올은 험준했던 인생 고비고비 깃발처럼 나부낀다. 눈 아래 꺼풀은 왜 그렇게 부은 듯 살쪄 있는지.

얼굴이 말이 아니로구나 얼굴의 균형도 이상한 것 같다.

이빨은 금은방에 내다 팔아도 1억 원은 넘겠다.

75살 내 인생이 참 우습고 불쌍하고 눈부시구나.

그때 왜 그렇게 철이 없었을까.

그때 왜 그렇게 움츠리고 살았을까.

그때 왜 그 친구에게 미안하다고 말 못했을까.

고백하건데 그 사람이 옳았는데

옳고 그름의 판단보다 내 고집 자존심이 강했던 모양이다.

생각해 보면 후회투성이다. 얼굴 들기가 민망하다.

75살 늙은이가 이제야 철이 든 모양이다.

돌아보니 너무 부끄럽구나.

그리하면 살리라

오늘부터 다시 머리 숙여 정직한 인생을 배우자.

다시 사랑하고 겸손한 자세부터 배우자.

이제라도 말하는 사람보다 듣는 사람이 되어 보자.

이보다 더 좋은 약은 없으리.

그동안 내 무지함이 큰 병이었구나.

그동안 내가 너무 잘못했어 나를 용서해 줘 말 한마디 용기가 나지 않는다.

사실 마음은 안 그러는데 너무 소심해서?

이제 '후회'만이라도 좀 덜고 가자 짐이 좀 가벼우려나.

75살 인생, 너무 부끄럽습니다.

아무리 생각해도 75살이 내 나이가 맞나?

그래서 인간인가

자기 스스로 태어나지 못합니다.
자기 맘대로 선택하지 못합니다.
자기 맘대로 살지도 못합니다.
자기 맘대로 떠나가지도 못합니다.
살아갈수록 복잡하고 힘들어집니다.

내가 또 무엇을 할 수 있는지
또 얼마만큼 해야 살 수 있는지
평생 2미터도 안 되는 콩알만 한 몸으로
200미터 위로 올라가려고 발부둥칩니다.
그래서 인간인가.

결국은 100년이 못 되어 스스로 외치고 맙니다.
마음 비우고 사는 것이 건강이라고.
마음 비울 때 비로소 무서울 것 없다고 담대해진다고.
쌓으려는 자는 점점 무거워지고요.

비우는 자는 가벼워서 구름 위를 둥둥 날지요.

드디어 이 세상을 내려다보면서 자유롭게 웃지요.

와우, 이런 세상도 있구나.

위기의 때일수록

얼마 전 뉴스에서 본 사건이다. 그분은 어려운 지역사회시설에 자주 통 큰 기부를 하기 때문에 당연히 전 국민으로부터 존경받는 사업가인 줄 알았다. 그런데 알고 보니 가까운 친척이나 친한 친구들에게 아주 오래전 빌린 돈은 갚지도 않으면서 자기는 고급 아파트 생활에 수입 명품에 고급 자동차만 타고 다니며 흥청망청 사치스러운 생활을 하고 사는 사람이라고 한다. 어떻게 해서라도 자기의 명예와 존재를 자랑하고 싶어 하는 사람들의 삐뚤어진 일면을 드러내는 사건이 아닌가 싶다.

온 국민들이 우러러볼 만한 권력을 누리며 살면서도 그 권력을 나라를 위해 국민을 위해 헌신하지 않고 오히려 사리사욕만 취하고 윤리 도덕적으로도 전혀 모범이 되지 못하고 오히려 사회적으로 비난거리만 된다면 국민들은 그런 사람을 지도자로 존경하고 싶지 않을 것이다. 오히려 아무도 알아주지 않는 평범한 한 시민으로서 사회적인 명예나 직위는 없을지라도 그런 형식에 관심 없이 항상 이웃의 어려운 분들을 찾아 그분들과 함께 나누며 가족처럼 지내고

그리하면 살리라

산다면 오히려 그런 분들이 존경받아야 하지 않을까요.

사람들은 왜 상식을 지켜야 한다고 말하고 인간의 기본적인 도리를 다해야 한다고 할까? 그것은 내 혼자나 우리 가족만이 사는 세상이 아니라 국가 사회의 한 공동체로서 우리 이웃과 함께 더불어 살아야 하기 때문이다. 이렇게 온 세상이 코로나 질병으로 매우 혼란하고 불안한 이런 때에는 더욱 더 서로 돕고 격려하며 함께 건강하고 행복한 삶을 살아야 함은 너무 당연한 상식이다.

우리는 어느 날 갑자기 코로나19로 인하여 상상하지 못한 일들을 다 같이 겪었다. 건강하신 분이 어느 날 돌아가셨다는 황당한 소식을 받기도 하고 일 년에 한두 번씩 휴가 때나 만나는 자식들이 시간이 있어도 올 수 없다는 희한한 소식을 접하고 사는 세상이다. 오랫동안 법보다 더 철저히 지키며 살았던 우리의 상식과 일상들이 무너질 때 매우 혼란스러움을 감출 수 없었다. 앞으로는 더욱 더 예측 불허의 혼란한 세상을 살 수도 있겠구나 불안감을 떨칠 수 없다.

이렇게 지금까지의 우리의 모든 삶이 한 순간 급격한 충격을 받고 불안하고 혼란할 때 국민들이 든든히 붙잡고 믿고 따를 수 있는 국가 사회의 지도자가 있다면 얼마나 다행이고 안심이 되겠는가? 지금은 국가 사회의 지도자나 일반 국민들이나 모두가 정직하고 성실한 자세로 서로 위로하고 격려하며 이 위기를 잘 극복했으면 좋겠다.

우리 민족이 어떤 민족인가!

그리하면 살리라

만족하시나요

아직도 도움이 필요한 분들이 많지만 국민소득 수준으로 보면 우리나라도 이 정도면 살 만하지 않은가요.

이정도 먹을 수 있으면 충분하지 않은가요.

이정도 입을 수 있으면 괜찮지 않은가요.

이정도 살 수 있는 아파트면 다행이지 않을까요.

한국의 어디라도 여행할 수 있는 정도의 자동차면 충분하지 않은가요.

그런데 왜 늘 부족할까요.

얼마나 더 있으면 만족할 수 있을까요?

창고에 쌓을 곳이 없도록 가득가득 채워 놓으면 그때는 더 이상 부족함이 없을까요.

이 세상의 물은 아무리 마셔도 또 목마릅니다. 물질의 속성입니다.

여호와는 나의 목자시니 내가 부족함이 없으리로다

(시편 23장 1절. 개역한글판. 성경전서. 대한성서공회)

코로나19 이제는

최근 선진 국가들의 코로나19 예방 접종율은 80% 가까이 이루어졌다고 하니 이제는 어느 정도 확산을 막을 수 있다는 기대감으로 전환되는 분위기다. 그래서 지금까지 통제하고 있던 서민 경제와 직접 관련된 대중음식점 카페 생활체육시설 등 사업장을 우선적으로 점차 소규모 모임과 실외에서 마스크 벗기 등 규제들을 완화하기 시작했다.

그러나 이러한 규제 완화로 방역 생활에 느슨해진 틈을 타 코로나19보다 훨씬 더 빠르게 확산하고 있는 새로운 변이 바이러스 델타 오미크론 등의 발생으로 지금까지의 예방 접종을 비웃기라도 하듯 온 세계는 계속 불안해하고 있다.

앞으로도 이러한 새로운 바이러스나 또 다른 질병이 계속 나타난다면 인류는 또 거기에 대응하여 의료적인 치료 방법과 더불어 치료제를 개발해야 하는 등 인간의 생명과 건강을 지키기 위한 힘겨운 싸움을 계속 해야 한다. 이미 지구상엔 산업화와 도시화로 파손된 아름다운 자연과 생태계는 인간도 동식물도 어떤 생명체도 살

그리하면 살리라

수 없을 정도로 더럽혀지고 파괴되었다. 또한 하늘만 빼고 온 지구와 바다를 다 채우고도 남을 생활 쓰레기와 산업 폐기물 가축 쓰레기 등은 온갖 질병의 서식처가 되고 있다.

영적으로는 21세기 발전된 과학 문명과 물질적 풍요로움이 넘쳐나는 세상을 부족함 없이 즐기고 살다 보니 자기도 모르게 창조주 하나님, 역사의 주인 되신 하나님을 잊어버리고 혼란과 불안, 질병과 위험의 세상 가운데서 평안을 누릴 수 있는 마음의 여유를 잃어가고 있는 것 같다.

앞으로는 어떤 세상이 올까?
우리는 이렇게 살았지만 우리 자식들은 이 불안하고 혼란한 시대를 어떻게 살아갈지?
이제야말로 하루하루가 얼마나 소중한 날인지 절감하게 된다.
코로나19, 21세기 문명시대의 상징이요, 깨우침이 아닌가 싶다.

2021. 7. 9. (금) 새벽 3시

당신 어머니 생일은?

2022년 2월 어느 날 아내와 함께 거주지 행정동 민원창구에서 민원서류를 발급하기 위해 신청서를 작성하여 신분증과 함께 접수를 했다. 차례가 되어 부르더니 신청서와 신분증을 확인한 후 오른손 엄지손가락을 지문식별 기계 위에 올려 보라는 것이었다. 그런데 내 손가락의 지문은 거의 다 없어진 상태라 지문이 나오지 않았다. 전에도 가끔 지문이 나오지 않아 민원실 담당자가 애로를 겪기도 했는데 오늘도 그런 상황이 일어난 것이다. 민원 담당자는 지문을 확인하기 위해 결국은 오른손 엄지손가락으로 시작해서 왼손 새끼손가락까지 10손가락의 지문을 몇 번씩이나 시도를 했으나 지문이 나오지 않았다.

그러자 자꾸 시간은 가고 다음 민원인들이 계속 기다리고 있어 미안하기까지 되었고 할 수 없이 담당자는 내가 본인인지를 확인하기 위해 여러 가지 질문을 했다. 어르신, 성함과 생년월일 현재 사는 거주지의 주소를 말씀해 보세요. 어르신 자녀들 이름이 뭡니까? 등등 내 신분에 관련한 여러 질문과 대답이 이어졌다.

그리하면 살리라

마지막 질문으로 어르신의 어머님 생일 날짜가 언제인지 말씀해
보라고 질문을 했다. 너무 생각지도 않은 갑작스런 질문이었다. 순
간 당황하듯 아니 몇십 년 전에 돌아가신 부모님 생신을 어떻게 알
수 있단 말인가? 지금 내 생일도 깜박깜박할 나이인데 질문을 받은
나도 좀 언짢은 듯 그 담당자에게 농담하듯 질문을 던졌다. 선생님
은 어머님 생신을 아세요? 그랬더니 그분은 작은 목소리로 저는 알
지요. ○월 ○○일입니다. 그날이 제 생일날이거든요 라며 웃어 넘
겼다. 물론 그분은 아직 40대 정도로 젊어 보여서 지금도 충분히 어
머니 생일은 잘 챙기고 있을 것 같았다. 나는 어머님 생일도 잊어버
리고 살아가는 못된 자식인가?

　집으로 돌아가는 중에도 그 민원 담당자의 질문이 계속 들렸다.
그 질문을 받을 때는 솔직히 어떻게 머리가 하얀 노인네에게 하필
어머니 생일 날짜를 물어볼까? 대답 가능한 질문을 해야지? 라며 마
음속으로는 좀 언짢아했는데, 막상 대답을 못하고 집으로 가는 동
안 내내 어느덧 나도 늙어 간다는 핑계로 내 가슴속에서 어머님의
흔적들이 점점 잊혀지고 있구나 생각하니 마음이 서글퍼졌다. 어머
니 오늘따라 더 보고 싶고 함께 살았던 세월들이 자꾸 생각이 나네
요. 어머니 보고 싶은 어머니, 머지않아 반갑게 만나요.

살다 보면

맑고 푸르던 하늘이 갑자기 먹구름으로 캄캄해 온다.

이따금씩 빗방울이 시작하더니 세찬 바람과 함께 소낙비가 물 붓듯 쏟아진다. 길을 가던 사람들은 갑작스러운 비바람에 우왕좌왕 혼란스럽다.

그렇지 한여름에 이런 때가 어디 한두 번이었던가.

잠시만 피하면 곧 소낙비는 그칠 것이고 아까보다 더 맑고 푸른 하늘이 펼쳐질거야.

지금은 여름철이야 하루에도 열두 번씩 변덕스런 날씨지.

또 언제 갑자기 폭풍과 함께 소낙비를 만날지 몰라.

그럴 땐 너무 당황하지 말고 잠시만 몸을 피하고 있으면 돼.

살다 보면 갑자기 먹구름이 하늘을 덮고 폭풍우가 휘몰아 칠 때가 한두 번이던가.

그럴 땐 가던 길 잠시 멈추고 비바람을 피하는 것도 한 방법이지. 아무리 천지를 다 날려 버릴 것 같은 거센 폭풍우도 365일을 계속하진 않아. 잠시 잠깐 바쁜 걸음 쉬었다 비가 그치고 하늘에 햇빛이 나면 그때 또 일어나면 될거야.

폭군같이 달려드는 위기와 싸우지 말고 싸우다가 인생 끝내지 말자. 잠시 잠간 피하는 것도 한 방법이지, 잠시 잠간 휴식하라는 신호일지도 모른다.

살다 보면 좋은 날도 궂은 날도 있기 마련이다.

그러니 실패했다고 성공했다고 너무 일희일비 하지 말자.

그렇지 살다 보면 새로 태어난 생명도 있고 그 시간에 세상을 떠난 사람도 있지. 이 모든 일을 만난 것은 아직 내가 살아 있다는 증거일 거야. 실패했다고 너무 실망하지 말자 성공했다고 너무 자만하지 말자.

내일 일은 아무도 모른다.

여호와의 소리

여호와 하나님의 소리가 들리는가.

바로 지금 우리를 향해 외치시는 여호와 하나님의 소리가 들리는가.

내 눈과 귀를 여호와께 고정해 보세요.

여호와의 어떤 소리가 들리십니까? 천둥 같은 소리가 들리십니까?

아니면 속삭이듯 다정하고 온화한 목소리가 들리십니까.

1절 너희 권능 있는 자들아 영광과 능력을 여호와께 돌리고 돌릴찌어다

2절 여호와의 이름에 합당한 영광을 돌리며 거룩한 옷을 입고 여호와께

경배할찌어다

3절 여호와의 소리가 물위에 있도다. 영광의 하나님이 뇌성을 발하시니

여호와는 많은 물위에 계시도다

4절 여호와의 소리가 힘 있음이여 여호와의 소리가 위엄차도다

5절 여호와의 소리가 백향목을 꺾으심이여 여호와께서 레바논 백향목

을 꺾어 부수시도다

6절 그 나무를 송아지 같이 뛰게 하심이여 레바논과 시론으로 들송아지

같이 뛰게 하시도다

7절 여호와의 소리가 화염을 가르시도다

8절 여호와의 소리가 광야를 진동하심이여 여호와께서 가데스 광야를 진동하시도다

9절 여호와의 소리가 암사슴으로 낙태케 하시고 삼림을 말갛게 벗기시니 그 전에서 모든 것이 말하기를 영광이라 하도다

(시편 29장 1~9절. 개역한글판. 성경전서. 대한성서공회)

우리 아버지는

   우리 아버지 떠나신 지가 언제인데 요즈음 새삼스럽게 아버지 생각이 납니다.

   어린애도 아니고 칠십이 넘은 노인인데도 아버지 앞에서는 여전히 어린 자식인가 봅니다.

   이제야 철이 든 건지 이제는 그 멀고 먼 옛날이 되어 버린 어린 시절 아버지와 함께 살았던 추억들이 가끔 떠오르곤 합니다. 아버지 그냥 아버지라고 한번 불러 보고 싶습니다. 아버지라고 부르면 그때의 그 목소리로 왜 무슨 일이냐고 대답하시며 돌아보실 것 같습니다. 그렇게 늘 애들 취급하던 그 아들이 어느덧 칠십이 넘은 그때의 하얀 머리 아버지가 되었습니다.

   그렇게 온몸이 달토록 힘들어도 물 한 사발 마시고 또 웃으시며 논밭으로 나가셨지요.

   아침인지 저녁인지 식사할 틈도 없이 그렇게 바빠도 늘 괜찮은 척 살으셨지요.

   끝이 없어 보였던 보릿고개 시절을 그 많은 가족들 거느리고 이겨

내셨던 우리 아버지셨습니다. 그래서인지 우리 아버지께서는 혹시 배고파 찾아오는 사람들에겐 (당시에는 밥 얻어먹으러 다닌 사람, 머슴살이 하던 사람들이 더러 있었다.) 절대로 그냥 보내지 말고 꼭 밥상에 올려드려 식사하게 하라고 하시면서, 남 배고프게 하면 큰 죄라고 철모른 자식들에게 항상 타이르셨지요. 너희들은 욕심과 싸우지 말아라, 항상 착하게 정직하게 살아라, 불쌍한 사람들 무시하지 말아라, 배고픈 사람들 그냥 보내지 말아라. 삶으로 모범을 보여 주셨던 우리 아버지, 아버지의 피땀 흘리신 그 가르침으로 자식들은 건강하게 잘 살아가고 있습니다.

어느 날 밤 호롱불 켜 놓고 바느질 하시던 어머니께서는 내가 살아온 이야기를 책으로 다 쓰자면 태산도 모자란다고 한숨지으시며 말씀하셨지요. 그 태산보다 큰 한 많은 인생 어찌 다 안고 가셨을까? 이놈이 이 나이가 되서야 조금이나마 깨닫습니다. 살아 계실 때 그렇게 좋아하시던 막걸리 서로 따르며 실컷 떠들고 얘기라도 해 볼걸. 오늘따라 너무 생각이 나네요. 아버지 무더운 여름밤에는 항상 마당에 덕석 펴 놓고 나란히 누워서 곧 쏟아져 내릴 것만 같은 밤하늘의 반짝이는 수많은 별을 바라보면서 올 여름에는 얼른 비가 안 오겠네 걱정하시며 잠이 들곤 하셨지요.

아버지, 그때의 철없던 아들이 어느덧 이렇게 늙어서 그때의 아버지가 되었습니다.

아부지 많이 보고 싶습니다.

2021. 7. 무더운 어느 날 저녁에

그리하면 살리라

종말입니다

여러분, 성경에서 사도바울의 인사말처럼, 우리들도 서로를 부를 때 인사말로 종말로 성도들아. 종말로 직분자들아. 종말로 교회들아. 종말로 다음세대들아! 여러분 의견은 어떻습니까?

사도 바울이 데살로니가 교회 성도들에게 보낸 편지에서 바울은 "종말로 형제들아"(데살로니가전서 4장 1절. 성경전서)라는 특이한 인사말을 쓰고 있다. 당시 사도바울은 데살로니가 교회 성도들에게 종말의 때에 어떻게 살아야 할지를 잘 나타내 주는 말씀으로서 당시의 시대적 상황과 인식을 잘 표현해 주는 인사말이라고 할 수 있다.

우리나라 국가 사회도 그동안 급속도로 발전한 산업화와 경제적 발전으로 인하여 일반 사회나 가정이나 우리나라 대대로 이어온 아름답고 전통적인 윤리나 도덕, 공동체 의식 등이 점점 사라지고, 물질을 추구하고 자기중심적이고 자유로운 삶을 즐기고 싶어 하는 사회로 빠르게 변하고 있는 것 같다. 더구나 2020년 초부터 전 세계적으로 불어닥친 코로나19 질병까지 더하여 미래를 예측하기 어려운 불안한 이 시대를 살면서 사도바울의 "종말로 형제들"이란 인사말이 매우 현실적으로 다가온다.

성경전서 창세기에서 온 세상이 인간의 죄악으로 인하여 소돔 고모라의 불 심판, 노아 때의 홍수 심판이 있었다. 오늘 이 시대는 자연 환경의 파괴로 인하여 인류는 온갖 재해와 질병에 고통을 당하고 있다. 또한 세계 곳곳에서는 전쟁과 분쟁이 발생하고 수많은 난민들이 방황하며 고통의 삶을 살고 있다.

사복음서와 요한 계시록에서도 이미 종말이라고 말씀하고 있다. 그때로부터 2천 년이 지난 이 시대는 어떠한가? 지구상에서 또 우리 가까운 사회나 이웃에서 예전 같으면 상상할 수 없는 잔인하고 황당한 일들이 얼마나 많이 발생하고 있는가?

국가와 국가 간의 전쟁과 자기 국가 안에서조차 정치적 대립과 내분으로 발생한 희생자들과 난민들의 문제는 이미 국제적인 문제가 되었다. 그뿐 아니다. 지구의 환경과 재해, 물질적인 탐욕과 인간성의 상실은 그야말로 말세지 말의 현상을 잘 나타내고 있는 현실이 아닌가 싶다.

요즈음은 "종말로 형제들아" 우리를 부르시는 주님의 음성이 더욱 절박하게 들린 듯하다.

신약성경 로마서 12장 2절 (표준새번역) "여러분은 이 시대의 풍조를 본받지 말고…" 말씀을 다시 가다듬어 본다.

종말로 친구들아 종말로 형제들아 종말로 자식들아 종말로 학생들아.

사랑의 능력

성경전서 중 마태복음 5장 44절에 "나는 너희에게 이르노니 너희 원수를 사랑하며 너희를 핍박하는 자를 위하여 기도하라"라고 말씀하셨으며 요한계시록 2장 3절~4절에 "또 네가 참고 내 이름을 위하여 견디고 게으르지 아니한 것을 아노라 그러나 너를 책망할 것이 있나니 너의 처음 사랑을 버렸느니라"고 당시 에베소 교회를 향해 말씀하셨다.

위의 두 말씀은 어느 정도 교회를 다닌 사람이면 모를 사람이 없을 정도로 잘 알려진 유명한 말씀이다. 오늘날 심각할 정도로 물질주의와 이기주의로 급변한 말세적 세상에서 이 말씀을 너무 좋아하고 공감하지만 우리가 삶으로 순종하기란 그렇게 쉬운 말씀이 아닌 듯하다. 그러나 하나님께서는 아무리 원수 같은 원수라도 원수로 갚지 말고 사랑하라는 것이다. 왜냐하면 하나님께서는 원수들도 죄인들도 측량할 수 없는 사랑과 놀라운 은혜로 다 구원하시기 원하기 때문이다.

성경전서 중 마태복음 5장 45절 이하 말씀처럼 온 세상을 밝게 비추는 태양은 악한 사람과 선한 사람을 구분하지 않는다. 모든 사람에게 차별 없이 그 빛을 비추어 생명을 지키고 살게 하신다. 또한 하늘에서 내리는 비를 보라 비는 의로운 자 불의한 자를 구별하여 내리지 않는다고 말씀하신다. 비록 햇빛과 비뿐이 아니다. 공기도 바람도 산도 바다도 꽃들도 나무들도 계절도 예수를 믿는 자나 믿지 않는 자나, 지역 민족 국가 종교 이념 남녀 구별 없이 누구든지 마음껏 누리고 살도록 허락하신다.

원수까지도 사랑한다는 의미는 무엇일까? 어떻게 그 사랑을 실천하고 이룰 수 있을까?

하나님은 죄인 된 인간들을 위해 스스로 이 세상에 오셔서 인간들의 모든 죄를 짊어지시고 십자가에서 피 흘려 죽으심으로 심판의 대가를 대신 치르셨다. 감히 인간의 지식이나 상식으로 상상이나 할 수 있겠는가? 예수 그리스도의 십자가는 하나님과 원수 된 죄인까지도 한 영혼도 버리지 않고 다. 구원하시기 위한 하나님의 완전하신 사랑이다.

이 시대에서 우리는 어떻게 예수그리스도의 사랑을 이루며 살 수 있을까.

인간의 힘으로는 그리 쉬운 일이 아니다. 날이 갈수록 사랑이 식어지고 이기적인 시대로 변해 가는 이 시대에 예수그리스도의 능력이 아니면 감당하기 어려운 일이다. 그래서 오늘도 말씀 붙잡고 기도하고 하나님께 가까이 나아가며 성령의 도우심을 기도한다.

죄인을 심판하지 않는 것은 사랑이다. 원수를 용서해 주는 것도 사랑이다. 기다림도 사랑이다.

오늘도 온 인류가 이렇게 함께 살 수 있는 것도 예수그리스도의 사랑이다.

그리하면 살리라

Happy 71th birthday!

올해도 지난해처럼 2022년 2월 25일(금)이 왔네요.

1978년 1월 축복의 함박눈이 춤추듯 내리던 그날 흰 눈보다 더 하얀 웨딩드레스를 입은 지 벌써 44년이 흘러갔다니 아무리 생각해도 믿기지 않네. 그동안 우주를 44바퀴를 돌고도 남을 적지 않은 시간들을 하루처럼 함께 보냈네요. 그동안 웃기도 하고 울기도 하며 지팡이처럼 서로 의지하고 함께 걸어온 시간들은 때로는 환희의 날도 때로는 눈물의 날도 많았소.

그동안 아무런 생각 없이 철부지로 살았던 우리가 부모형제를 떠나 멀고 먼 이방의 나라 광야에서 새로운 삶을 개척해야 했던 부담과 설렜던 그날들을 기억하나요? 그때만 해도 이제는 잘 살아야 한다는 그 열정 앞에 그 무언들 두려워했겠소. 다 그러려니 하며 오직 앞만 보고 달렸지요.

살다 보니 우리에게도 인생의 큰일들이 찾아왔지요. 어느 날 하나님께서는 하나님의 때가 되어 우리를 낳고 사랑으로 길러 주신 우리 부모님을 떠나보내기도 하고 또 때가 되어 하나님의 고귀하고 소중한 선물 자식들을 주시고 또 살다 보니 향기로운 국화꽃 만발하던 가을날 세상에서 가장 예쁘고 천사 같은 며느리가 딸로 들어와 우리 가족에게 큰 기쁨을 주었지요. 그뿐이 아니지요. 너무 사랑스럽고 귀여워서 어쩔 줄 모르는 우리에게 우리 루아는 우주보다 큰 기쁨과 행복을 가득 안고 우리 집으로 찾아왔지요.

생각해 보면 우리 가슴으로는 다 품을 수 없는 과분한 축복이었소 하나님은 자식을 통해 하나님께서 우리를 얼마나 사랑하시고 축복하시는지 알게 하셨소. 우리도 비록 얼마 안 되는 인생이었지만, 사람은 자식을 낳고 길러서 결혼을 시켜 봐야 철이 들고 돌아가신 부모님의 큰일을 치러 봐야 어른이 된다는 옛말을 조금이나마 경험해 보았네요. 순간순간을 당신과 함께한 우리의 소중한 역사였소.

오늘 아침은 당신의 성품만큼이나 유난히도 맑고 화창한 날씨네요. 저 높고 푸른 하늘 바라보며 그동안 참았던 한숨도 날려 보내고 꾹꾹 누르고 참았던 고함 소리도 마음껏 외쳐 봐요.
그동안 고생이 많았소. 사랑해요-^^

2022. 2. 25. (금)

그리하면 살리라

부부의 의미를

오늘도 당신은 누군신데 내 곁에 있나요 혹시 우리 엄마가 보낸 사람인가요!

인간은 혼자서 살아갈 수 없는 존재인가 봅니다. 태어나서는 엄마의 품속에서 가족과 함께 성장하고 성인이 되어서는 한시라도 안 보면 살 수 없는 사랑하는 사람과 결혼식을 올리고 인생 끝까지 서로 의지하며 함께 살아갑니다. 그렇습니다. 살아갈수록 살아가기 어려운 세상에서 자기 홀로 살아가기엔 너무 외롭고 힘든 것 같습니다. 그래서 인간은 부부로 만나 서로 위로하며 격려하며 행복하게 살라고 소중하고 고귀한 사랑의 공동체 가정을 만들어 주셨는지 모르겠네요.

이 지구상에서 가정만큼 거룩하고 순결하고 소중한 공동체는 없습니다. 새 생명이 태어난 곳도 가정이고요. 가장 가까운 사람들이 함께 가장 진실하고 따뜻한 사랑을 나누며 위로하고 격려하며 힘을 얻는 곳도 가정이지요. 이 세상에 가정만 한 곳이 그 어디에 또 있을까요. 이 세상에서 혈통으로 이루어진 공동체는 오직 가정뿐입니다.

인생이 한평생 살아가는데 이렇게 많고 많은 사람들 중에 한 사람을 만나서 부부로 산다는 것은 기적 중의 기적이요, 어떤 말로도 표현할 수 없는 특별한 만남이 아닐 수 없습니다. 한 사람을 만나 결혼한다는 것은 그 인생의 또 다른 삶을 향해 새로운 출발을 하는 인생의 일대 전환점이 되기도 합니다.

부부란 서로에게 누구입니까? 이 세상에서 그 어떤 사람과의 만남보다 고귀하고 숭고한 사랑으로 만난 만남이요. 인생 끝까지 함께할 단 한 사람 그대입니다. 서로의 몸과 마음은 물론이요. 서로에게 정직하고 순결한 사랑을 바탕으로 만난 단 한 사람, 전인격적으로 한 몸 된 너무 특별한 만남입니다. 너무 특별해서 하나님의 섭리가 아니면 설명할 수 없는 단 한 번의 소중한 만남이 아닐까요.

이 세상의 어떤 만남에서도 어떤 관계에서도 부부보다 더 편하고 만만하고 자유로운 만남은 없을 것입니다. 이 세상에서 굳이 규정이나 법이 필요 없어도 위험이나 불안이 없는 곳 가장 평안함을 누리는 곳 치료와 위로와 격려가 넘치는 곳입니다, 온갖 법이 고개를 쳐들고 무슨 범죄나 약점 하나 없나 날카로운 눈으로 쳐다보는 차디찬 세상에서 가장 따뜻한 가슴으로 모든 실수도 부족함도 용서로 덮어 주고 뜨거운 사랑이 숨 쉬는 곳 그곳이 바로 가정입니다.

비록 서로가 빈손으로 만났어도 뜨거운 그 사랑의 힘으로 살아가는 사람들이 바로 부부요, 가정입니다. 가정은 부부가 서로 무릎을 맞대고 이 세상에서 가장 뜨거운 눈물의 기도가 올려지는 주님의 제단이요, 이 세상의 가장 절실한 소원을 품고 부르짖는 갈멜산의 기도요, 언제나 식탁에서 골방에서 하나님을 만나는 거룩한 성소이기도 합니다.

살다 보면 까탈스런 성질, 불 같은 혈기 다 받아 주고 시시콜콜한 불만 다 품어 주는 사람, 항상 곁에 붙어서 잔소리하고 간섭하고 심부를 다 시키고 귀찮아도 그래도 하루만 없으면 허전해서 못사는 사람, 예의도 상식도 겸손도 선함도 감사도 용서를 더 이상 외치지 않아도 이 세상에서 가장 평화로운 천국으로 살아가는 하나님의 나라가 바로 우리 가정입니다.

오늘도 당신은 누군신데 내 곁에 있나요. 혹시 우리 엄마가 보낸 사람인가요?

혹시 하나님께서 보낸 사람인가요.

부부 복음

• 아내에게

남편에게 복종하십시오. 당신의 남편은 당신의 머리(주인)입니다.

• 남편에게

아내를 사랑하십시오. 부디 자기 몸처럼 사랑하십시오.

아내들이여 자기 남편에게 복종하기를 주께 하듯 하라

(에베소서 5장 22절. 성경전서. 개역한글. 대한성서공회)

남편들도 자기 아내 사랑하기를 제 몸같이 할찌니 자기 아내를 사랑하는 자는 자기를 사랑하는 것이라

(에베소서 5장 28절. 성경전서. 개역한글. 대한성서공회)

그리하면 살리라

지금이 마지막 때

세상을 살아갈수록 확신이 온다. 말씀을 묵상할수록 기도할수록 믿어진다. 영적 민감함이 매우 둔한 나에게도 지금이 마지막 때임을 절실하게 깨달아 온다. 예수님께서 이 세상에 계실 때 이 세상을 말세라고 말씀하시며 사람들을 향하여 성전을 향하여 복음을 전하실 때마다 어떤 마음이셨을까?

지금은 성경뿐 아니라 믿지 않는 사람들까지도 이 세상을 말세라고 한다. 이는 사람들의 마음이나 행동이 최소한의 지켜야 할 도를 벗어날 때 한탄하듯 하는 말이다. 지금은 정상적인 인간의 상식으로서는 상상할 수 없는 충격적이고 황당한 일들이 이곳저곳에서 수시로 발생하고 있다.

이 시대가 물질 만능 세상이 되어 그 물질 앞에서 인간의 존엄과 가치가 모래 위의 집처럼 속절없이 무너지고 있는 것 같다. 물질이 풍성해지니 자연히 육적인 다양한 욕구와 즐거움을 찾게 되고 그러다 보면 결국은 점점 하나님과 교회와 멀어진 상태가 되기 쉽다.

이 모든 일들이 이미 성경에서 말씀하신 말세적 현상이 아닌가 싶다.

성경에서는 이런 일을 보거든 인자가 문 앞에 이른 줄 알라고 강하게 경고하고 있다.

그리고 마지막 카드 회개의 기회도 남아 있다.

지금은 마지막 때이다.

그때에 많은 사람이 시험에 빠져 서로 잡아 주고 서로 미워하겠으며 거짓 선지자가 많이 일어나 많은 사람을 미혹하게 하겠으며 불법이 성하므로 많은 사람의 사랑이 식어지리라

그러나 끝까지 견디는 자는 구원을 얻으리라

(마태복음 24장 10절~13절. 성경전서. 개역한글. 대한성서공회)

성도들아 일어나자

이 마지막 때 예수를 믿고 따르는 교회와 성도들의 궁극적 소명은 무엇인가?

교회에 열심히 다니면서 신앙생활하면서 다 못해도 적어도 이것만은 꼭 해야 할 기본적인 사명이 있다면 그것은 무엇인가? 그리스도인이라면 한 번쯤 심각하게 생각해 보았으면 좋겠다. 그것은 온 세계 땅 끝까지 잃어버린 영혼들을 찾아 신속히 복음을 전해야 하는 영혼 구원일 것이다.

아무리 하루하루가 다르게 급변하고 있는 이 시대라 할지라도 이 사명만큼은 잊어서는 안 된다. 이 일 때문에 예수님께서 이 세상에 오셨고 십자가에서 처절한 죽임을 당하셨기 때문이다. 자신을 구원받은 성도로 확실히 믿는다면 다시 한번 이 복음에 대한 절박성을 깊이 인식하고 이 복음을 이루기 위해 열심히 기도하고 실질적인 선교의 삶을 살아야 할 것이다. 왜냐하면 이웃에게 인류에게 이보다 더 시급한 일은 없기 때문이다. 지금 이 순간에도 이 지구상에 얼마나 많은 교회가 존재하는데 기독교인들이 많은데 아직까지도 〈예수〉라는 말을 한 번도 들어 보지 못하고 죽어 가고 있는 사람들이 많기 때문이다.

이르시되 우리가 다른 가까운 마을들로 가자 거기서도 전도하리니 내가 이를 위하여 왔노라 하시고
(마가복음 1장 38절. 개역한글. 성경전서. 대한성서공회)

예수님 부활 이후 2천 년 동안 이 지구상에 얼마나 많은 나라에 얼마나 많은 교회들이 세워졌는가? 마가 다락방에서 일어난 불같은 성령의 역사는 예수님의 부활 승천 이후 온 세상을 향한 복음의 불꽃이 되었다. 이후 교회는 성령의 역사를 경험하였고 대부흥을 이루었다. 이를 시작으로 19세기는 가히 선교의 시대라 할 만큼 전 세계 오대양 육대주를 향해 복음이 전파되었고 점점 복음의 불꽃은 타올라 오늘에 이르기까지 이어 왔다. 그러나 아직도 땅끝까지 복음을 이루지 못하고 있다.

오늘 이 땅에 세워진 교회와 그리스도인들의 마지막 사명은 땅끝까지 속히 복음을 전파하는 일이다. 그리하여 내가 속히 오리라 내가 진실로 속히 오리라 하신 주님의 말씀이 속히 이루어지도록 힘써야 할 것이다.

전파하는 자가 없이 어찌 들으리요

(로마서 10장 14절 중. 성경전서)

이 땅, 함부로 밟지 마라

이전 세대에 비하면 우리는 물질적 풍요로움과 자유를 마음껏 누리며 살고 있다.

정작 그렇게 살아야 할 우리 선조들은 참으로 어렵게 살다가 누려보지도 못하고 돌아가셨다.

일본 식민지 아래서 이름도 성도 빼앗기고 무참히 짓밟힌 자존심을 어떻게 버티고 살았을까. 해방이 되었지만 6·25 전쟁으로 온 나라가 위기에 처했을 때 내 자식 같은 젊은이들은 피로써 나라를 지켰다. 그뿐 아니다. 유엔군으로 참전한 수많은 젊은이들이 이름도 모른 타국의 전쟁터에서 고귀한 목숨을 잃었다.

어찌 그뿐이랴. 불과 몇십 년 전 권력에 눈이 먼 군사 독재자들에게 항거하다 무참하게 피 흘려 사라진 젊은이들이 얼마였던가. 오늘 우리가 이렇게 자유와 풍요로움을 누리고 살고 있는 것도 다 그날의 젊은이들의 숭고한 희생이 있었기 때문이다.

이 시대를 누리고 사는 우리 후손들은 함부로 살아서는 안 된다.

단 한 발자국도 함부로 이 땅을 밟아서는 안 된다. 아직도 나라를 위해 목숨을 바친 젊은 순국자들의 천지를 뒤 흔들었던 외침과 뜨거운 피가 온 땅에 살아 있다. 바로 우리 부모님 세대들이 겪었던 생생한 피눈물의 역사이다. 대한민국 국민은 그 누구라도 함부로 살아서는 안 된다. 선조들이 목숨 바쳐 지킨 나라이다. 누구든 이 땅을 함부로 밟아서는 안 된다.

이 땅 그 어디에도 우리 선조들과 우리 젊은 학생들이 피 흘리지 않은 곳이 없다.

마지막 남은 체온으로

　아무리 용감한 남자라도 아무리 독하고 무뚝뚝한 아버지라도 살다 보면 한 번쯤은 실컷 울고 싶을 때도 있다. 때로는 울어서는 안되는 자리인데 자꾸만 주책없이 흐르는 눈물을 억제하지 못할 때도 있다. 어려서 울보 같았던 내가 이 나이에 돌아보니 그 뜨거운 눈물 한번 흘릴 때가 언제였던가? 어떤 때는 너무 기가 막혀 주위에 부끄러운 줄 모르고 울기도 하고 어떤 때는 너무 기뻐서 너무 감사해서 혼자 골방에서 감사의 눈물을 흘릴 때도 있다.

　요즈음 나는 눈물이 날 때가 많다. 나이가 들어서인가? 이제는 인생의 끝자락을 살면서 느껴 오는 여러 가지 생각들이 짙게 물든 낙엽처럼 쌓인다. 때로는 나도 노인네라는 한계 앞에서 그동안 내 생명처럼 견고하게 붙들었던 꿈도 비젼도 가끔은 포기도 하고 버리기도 해야 하는 허무함도 아쉬움도 마음 저리도록 느껴 본다.

　이제는 이래도 주책이고 저래도 주책인 노인네가 되어 함부로 눈물 흘리기조차 주위에 의식이 된다. 노인네가 갑자기 눈물 흘리며 흐느껴 울어 봐라 아니면 맘 놓고 큰 소리로 호탕하게 웃어 봐라 맘 놓고 울기도 웃기도 아무튼 노인이기 때문에 더욱 조심스럽다. 노인 세대가 되니 자꾸만 위축이 된 것 같다. 맘껏 울고 웃을 수 있는 자유조차 눈치가 보인다. 스스로 그럼에도 불구하고 요즈음은 울컥할 때가 잦다. 사춘기 소녀도 아닌데 어떤 사람들의 감동스러운 이야기를 듣거나 멋진 노래를 듣거나 때로는 주의 사람들에게 따뜻한 인사멘트 한 구절에도 감동을 느끼곤 한다.

그렇게 지지고 볶고 했던 순간이 많았던 아내도 요즈음 가만히 생각해 보면 너무 기특하고 고마울 때가 많다. 그동안 아내로 어머니로 가정을 지키고 산다고 고생 많았다. 우리 서로 자기의 인생에서 서로를 빼고는 설명할 수도 설명할 이유도 없을 만큼 한 몸으로 살아왔다. 때때로 십자가만큼이나 큰 고통을 참고 견디며 살았다. 이제만이라도 우리가 흘린 그 많은 눈물을 우리 떨리는 손으로 닦아주자. 그리고 마지막 남은 사랑 마지막 남은 체온으로 심장까지 안아 주자.

국민은 행복한가

이 지구상 그 어디에 이런 나라 없을까?

범죄자는 살 수 없는 나라, 남을 속이거나 거짓말하는 사람은 살수 없는 나라. 부정 축재자는 살 수 없는 나라, 이 크고 넓은 우주에 그런 나라가 없을까?

권력자나 서민이나 차별이 없는 나라, 재벌이나 가난한 자나 차별이 없는 나라. 권력자들이나 부자들은 당연히 그 권력과 돈을 이웃이나 국가 사회를 위해 쓰는 그런 나라 없을까? 정직하고 성실한 사람들이 잘 살고 성공하고 존경받는 지도자가 되는 그런 나라 없을까? 그래서 온 국민들이 정직하고 성실하게 살아야만 함께 살 수 있는 그런 나라 없을까?

권력이 힘이 아니라 국민의 종이 된 나라. 남녀노소 학벌 경력 직업 빈부의 귀천 구별이 없는 나라 이런 나라가 없을까 서로를 가족처럼 신뢰하고 인정하고 서로 다른 점도 존중하고 그래서 서로 다양한 세상에서 다양한 삶을 누리며 살아가는 그런 세상이면 얼마나 좋을까?

쾌락과 해로운 시설이 없는 나라 술집이 없는 나라 아무리 인터넷 속을 뒤져도 거짓과 음란이 없는 나라 어린이들과 청소년들이 안심하고 마음껏 즐겁게 이 세상을 즐길 수 있는 나라, 불안과 위험이 없는 그런 나라 없을까?

우리나라도 가는 곳마다 학교요, 교회요, 사람들도 착하고 좋은데 산업사회로 발전하면서 사람들의 추구하는 가치관도 생활습관도 많이들 변한 것 같다.

언제 국민은 행복한가. 언제 국민은 자긍심을 갖는가. 언제 국민은 자기 국가를 자랑하는가.

정치지도자들 종교지도자들이 정직하고 신실했으면 좋겠다. 국민들이 자랑하고 신뢰할 수 있는 그런 지도자가 있으면 얼마나 좋을까 그때 국민은 행복할 수 있을 것이다.

신호

자주 생각이 난다면 관심 있다는 신호요.

자꾸만 보고 싶다면 사랑한다는 신호요.

헤어지기 싫다면 같이 살고 싶다는 신호이다.

목이 마르면 물을 달라는 신호요.

배가 고프면 식사하자는 신호이다.

졸음이 오는 것은 운전을 하지 말라는 신호요.

열이 나고 머리가 아프면 진단이 필요하다는 신호요.

머리가 하얗게 되고 잠이 잘 안 오면 준비하라는 신호이다.

신호는 준비하라는 알림이요 경고요 배려요, 은혜이다.

신호를 무시하다 큰 대가를 치르기도 한다.

청색은 안녕히 가세요. 적색은 잠시 멈추라는 명령이다.

불안은 위험하다는 신호요. 기쁨은 뉘우침의 신호이다.

신호는 미리 알려주는 고마운 비밀이다.

신호는 온 세상의 불행을 막아 주는 사전 대책이다.

그리하면 살리라

마음이 아픈가? 사랑이 남아 있다는 신호이다.

세상이 어쩌려고

사람이 한평생을 살아가면서 다양한 곳에서 다양한 사람을 만나면서 살게 된다.

그렇게 살다 보면 때로는 직장이나 이웃 중에도 성격이나 행동에 특이한 사람을 만나 어려움을 겪기도 한다. 아무리 타이르고 설득해도 막무가내인 답답한 사람들도 더러 있다.

때로는 자신이 잘못했음에도 불구하고 거친 성품이나 자존심상 자기의 잘못을 인정하지 않은 경우도 종종 보게 된다. 그러나 시간이 지나면 다시 평상을 찾고 일상을 회복하면서 반성도 하고 미안함을 전하기도 한다. 그렇다. 사람이 어떻게 잘못이나 실수 없이 살수 있겠는가.

이제는 세상 곳곳에서 하도 많은 충격적인 사건 사고를 보기도 하고 당하기도 해서 어지간한 사건으로는 놀라지도 않는 시대가 되었다. 어쩌다 이렇게 독하고 잔인한 세상이 되었나. 서글프기도 하고 쓸쓸함마저 들기도 한다. 이렇게 이 세상 곳곳에서는 하루가 다르게 점점 더 크고 놀라운 사건 사고가 발생하고 있다. 세상은 계속 고도로 발전하고 이에 따라 사람들은 훨씬 더 편리하고 풍요로운 삶을 누리고 살게 되는지 모르지만 어쩌면 이웃을 잃어버리고 자기 자신조차도 잃어버리고 외롭게 살아가는 시대가 아닌가 느낄 때가 많다.

이 시대를 살아가는 평범한 시민들의 마음이나 기분은 어떤 상태일까? 가끔 생각되는 문제이기도 하다. 이 시대가 옛날 우리 전통적인 아름다운 그 삶의 모습들을 찾아보기 어려워 보기 때문이다. 지금은 함께 어울려 살아가던 지난 시대와 달리 이웃도 친구도 단절된 이기적인 사회가 된 것 같아 이해가 안 되는 건 아니지만 왠지 서글프기도 하다. 아파트 엘리베이터를 타 보면 다정하게 공손히 인사를 건넨 풍경을 찾아보기가 쉽지 않다. 오히려 먼저 인사하기가 어색할 정도이다. 이런 모습이 바로 오늘 우리가 살아가는 이 시대한 단면이 아닌가 싶다.

오늘 이 세상은 어떤 세상인가? 마치 온 세상을 온갖 법이라는 촘촘한 그물로 망을 쳐 놓은 것 같다. 그렇게 법이 지배한 삭막한 세상이 되어 버린 것이다. 그러나 사람 사는 모든 일들이 법의 통제로만 불가능하다. 법보다는 먼저는 선한 양심이다. 살기 좋은 나라는 법이 발달된 나라가 아니요, 사람들의 상식과 사랑이 넘치는 사회이다. 이런 국가 사회를 선진국가라고 부르기도 한다. 한 차원 높은 사회이다.

아무리 돈을 쌓을 곳이 없도록 큰 부자가 되어도 세상에서 권력과 명성을 날리는 성공적인 사람이 되었다 할지라도 그 과정이 정직하지 못하고 거짓과 부정으로 쟁취한 것이라면 그는 결코 행복한 사람이라고 할 수 없다, 왜냐하면 만일 자기 양심이 살아 있다면 그는 늘 불안함으로 살아야 할 테니까 그리고 부정과 거짓은 언젠가는 드러나기 때문이다.

참 세상이 서글플 정도로 많이 변했다. 돈과 명예 때문에 가족끼리도 다투고 이혼도 하고 심지어 법정으로 가는 세상이다. 사랑 때문에 결혼하고 사랑 때문에 목숨까지도 바치던 게 사람(인간)이 아니던가? 춘향과 이도령의 고결한 사랑은 더 이상 우리민족의 문화가 아닌 듯하다. 사랑과 음란함의 구별이 혼탁해진 이 시대가 아닌가 겁이 난다. 세상이 어쩌려고 이러나.

복음은 능력으로

예수께서 아직 세상에 계실 때 예수님께서 말씀을 전하는 곳마다 수많은 군중들이 모여들었다. 예수님께서는 당시 사회의 소외계층인 노예나 종이나 여자들이나 가난한 자들이나 병자들뿐 아니라 사회 지도층이나 부자들이나 누구든 구별하거나 차별하지 않고 천국 복음을 전파하고 가르치셨다.

군중들은 지금까지 사두개인 바리세인 서기관 같은 당시 종교 지도자들에게 듣던 말씀과 다른 예수님의 말씀과 행하심에 놀라서 열광하고 이 현장을 지켜본 지도자들도 큰 충격을 받았을 것이다. 당시 지역 사회에서 아무도 알아주지도 않는 목수집안의 예수라는 사람이 선지자처럼 나타나서 가는 곳마다 천국 말씀을 전파하시고 병든 자들을 고쳐 주시고 군중들을 배불리 먹여 주시니 당연히 예수님이 가는 곳마다 수많은 사람들로 인산인해를 이루었을 것이다.

예수님은 가는 곳마다 율법전서를 강론하거나 가르치는 대중 집회가 아니다. 예수님의 말씀은 능력이요, 권세요, 죽은 자를 살리고 병든 자를 고치시고 죄인들을 용서하시고 구원하신 천국 복음이었다. 예수께서 전한 말씀은 하나님의 권세와 능력이요, 죄인들이 듣고 회개하는 복음이었다. "회개하라 천국이 가까왔다"고 외쳤다.

그때나 오늘이나 진리를 선포하고 복음을 전파하는 곳에는 언제나 대적하는 세력들이 나타난다. 왜냐하면 예수께서 외친 하나님의 말씀은 진리요, 복음이기 때문이요, 죄와 악함 불법과 거짓 등 사악한 모든 것들이 견디지 못하고 그 실체들이 드러나기 때문이다. 그래서 어두움의 세력들이 일어나 진리와 복음 되신 예수를 잡아 죽이려고 한 것이다. 그렇다. 복음은 가만히 있지 못한다. 아무런 일이 일어나지 않는 것은 복음이 아니다. 복음은 살아 있는 생명이요, 능력이기 때문이다.

예수님 앞에서는 그 어떤 악함도 거짓도 존재할 수 없다. 당연하다. 복음은 빛이기 때문이다. 아무리 하나님의 말씀을 외쳐도 복음의 능력이 나타나지 않는다면 이상한 일이다, 수십 년 동안 복음을 들어도 아무런 변화나 반응이 없다면 참으로 이상한 일이다. 혹시 그 안에 방해 세력이 숨어 있지 않는지 기도해야 할 일이다.

하나님의 말씀은 살았고 운동력이 있어 좌우에 날선 어떤 검보다도 예리하여 혼과 영과 및 관절과 골수를 찔러 쪼개기까지 하며 또 마음의 생각

과 뜻을 감찰하나니

(히브리서 4장 12절. 개역한글판. 성경전서. 대한성서공회)

당신만의 멋진 책을

가끔 주위에서 나도 책을 한번 내 보고 싶다는 분들이 있다.

그렇다면 당신만이 품고 살아온 그 삶의 역사를 잘 정리하여 꼭 책으로 출판해 보라고 적극 권하고 싶다. 누구라도 책을 낼 수 있다. 굳이 명성 있는 전문가나 작가는 아닐지라도 누구라도 일평생 살아온 자기만의 특별한 삶이 있고 사람마다 자기만의 하고 싶은 이야기가 있을 수 있다. 이것을 글로 표현하면 세상에서 둘도 없는 그분만의 진솔한 책을 출판할 수 있다.

혹시 꼭 한번 책을 내 보고 싶은 마음이 있다면 그러면 이미 출판은 시작된 것이다.

다만 시작도 하기 전부터 그럴듯한 책을 만들어 보고 싶다는 욕심으로 하지 않았으면 좋겠다. 왜냐하면 가장 자기만의 삶을 가장 정직하고 솔직하게 그려 줄 책을 만드는 데 방해가 될 수 있기 때문이다. 즉 자기 자신을 조금이라도 과장하거나 미화하여 나타내 보이려고 하면 이미 그 책은 책의 생명인 순수성을 잃고 말 것이다. 책은 그 사람의 얼굴이요, 인격이기도 하다. 가장 솔직하고 정직하고 순수할 때 가장 소중하고 가치 있는 책이 되지 않을까 싶다.

책을 출판한다는 것은 온 세상에 자기 자신을 내어 드리는 것이다. 사람들 중에 기술자나 교육자나 예술인이나 종교 지도자들처럼 전문적인 직업에 활동하는 사람들은 다른 사람들에게 자기의 생각이나 전문적인 지식이나 정보들을 나눌 수 있는 기회들이 있지만 그렇지 못한 대부분의 사람들은 자기 자신의 내면세계를 다 표현해 볼 수 있는 무대가 그리 많지 않다.

그래서 책을 만들어서 이 크고 넓은 무한한 세상에 당당히 나가서 다양한 사람들과 공유하며 나누고 소통할 수 있는 통로를 만들어 볼 수 있는 것이다. 물론 그런 기대에 미치지 못할 경우도 있지만 하여튼 그런 마음으로 시작해 보는 것이다. 그래서 이 세상 한가운데에서 더 많은 사람들과 만나는 것도 의미 있고 이 세상속의 내 존재를 느껴 보는 것도 흥미로운 경험이 될 수 있다. 그래서 더 성숙해지고 더 겸손히 배워야겠다고 깨달은 점도 큰 의미라고 할 수 있을 것이다. 무엇보다 그동안 살아온 인생의 여정과 삶을 한 줄 한 줄 적어 보는 과정에서 다시 한번 자신을 돌아볼 수 있는 소중한 기회가 될 수 있는 것도 의미 있고 보람 있는 일이 아닐까 생각해 본다.

고요한 밤 평안한 밤

살면서 내 몸의 피곤한 숨소리를 들어 본 적이 있나요. 저녁이 되서야 겨우 손에 묻은 흙이라도 씻어 냅니다. 밤이 와야 온종일 부릅뜬 피곤한 눈을 조용히 감고 쉴 수 있습니다.

어느 날 나를 들여다보니 진짜 하얀 머리의 노인이 되어 있었습니다. 아무리 봐도 그때의 내가 아닌 것 같습니다. 요즈음에는 지난 일 년이 어느새 어떻게 지났는지 계절이 언제 바뀌었는지 좀 멍해지기도 하고 잠도 잘 안 오고 하지만 그런대로 걷기운동도 하고 잘 놀고 있습니다. 오늘밤 같이 어두운 밤 그야말로 잠 못 들어 더더욱 고요하고 어두운 밤하늘에는 온통 은빛 모래를 뿌려 놓은 듯 반짝이는 뭇별들의 속삭임이 더욱 크게 귓가에 들린 듯합니다.

오늘도 온종일 특별한 일 없이 보냈지만 그래도 깊은 밤이 되니 오랜 습관처럼 피곤한 육신이 가장 편하게 두 다리를 쭉 펴고 누워 봅니다. 밤하늘의 별 사이를 흘러가는 바람 소리조차 들릴 것 같은 고요함이 흐르는 적막한 밤입니다. 오늘 하루도 새벽부터 이 깊은 밤까지 온 세상은 사람들이 살아가는 거친 숨소리로 가득했습니다. 코로나19의 거리두기가 민망할 정도로 복잡한 전통 시장 바닥에서 숨 가쁘게 외치는 소리, 가끔 119 구급차 달리는 소리, 자동차 사이를 훨훨 날아다니듯 달리는 오토바이 소리도 이 깊은 밤만큼은 모두 꿈나라에서 쉼을 얻고 있을 것입니다. 어두운 밤만이 줄 수 있는 은혜입니다.

어디 사람뿐이겠습니까? 지난밤에는 어디서 숨어 지냈는지 아침이 밝아오면 여기 저기 하늘을 군대처럼 떼지어 날아다닌 새들의 소리 보이지 않는 풀벌레들의 소리 대나무 숲을 휩쓸고 지나는 바람 소리도 함께 살아가는 사람들을 위해 성의를 다해 예쁜 노래로 불러 주지만 살기에 바쁜 사람들의 마음은 이마저 듣지 못하고 지나칩니다.

날마다 지치도록 죽을 둥 살 둥 모르고 뛰어가는 사람들을 위해 억지로라도 쉴 시간을 만들어 주신 창조자의 특별한 배려와 사랑이 바로 고요하고 평화로운 밤이 아닌가 생각해 봅니다. 오늘도 어느덧 밤이 깊었습니다. 온 세상이 고요합니다. 하늘을 세차게 날던 새들도 잠이 들었나 봅니다. 아침부터 저녁까지 온 세상을 달구던 붉은 태양도 잠이 들었나 봅니다. 나도 이제 모든 것 내려놓고 가장 자유롭게 가장 편하게 누워 봅니다.

고요한 밤이 주는 평안입니다.

살아 보니 어떤가?

20년을 살아 보니 어떤가? 온 세상을 나의 무대로 살아 보겠습니다.

40년을 살아 보니 어떤가? 처자식을 책임져야 해요.

50년을 살아 보니 어떤가? 대답할 시간도 없습니다.

60년을 살아 보니 어떤가? 아직은 청춘입니다.

70년을 살아 보니 어떤가? 세월 참 무상하네요.

80년을 살아 보니 어떤가? 인생이란 무엇인가?

90년을 살아 보니 어떤가? 그동안 내가 철이 없었네.

100년을 살아 보니 어떤가? 나는 나그네였네.

어느 날 문득 이 세상이 내 세상이 아님을 느낄 때가 있다.

그렇다. 우리는 다 나그네이다. 고향으로 돌아갈 나그네이다.

그리하면 살리라

큰 사람 작은 사람

이제 겨우 아빠 엄마 정도 말을 하는 어린 애기가 이상하게도 "싫어"라는 말은 곧잘 한다.

어린이들은 어른들을 비춰 보는 거울이다. 그 어린 애기들의 말이나 행동은 어른들의 세상에서 보는 그대로, 다양한 영상 매체나 주위 사람들로부터 자주 보거나 들은 말이나 행동을 따라 하게 된다. 특히 어린 나이일수록 그 말이나 행동은 아무런 가식이나 꾸밈없이 보고 듣는 그대로 반응한다고 할 수 있다. 어른 입장에서 생각해 보면 아직 말도 잘 못하고 젖먹이 어린 애기가 어떻게 "싫어"라는 말을 그렇게 잘 할까 이왕이면 "좋아"라는 말을 하면 좋을 텐데 하는 생각도 해 본다.

사람은 살아가면서 다양한 사람들을 만나게 된다. 그 만남 속에서 자기가 좋아하고 사랑하는 사람, 보고 싶은 사람을 만나기도 하고 때로는 피하고 싶은 사람이지만 만나기도 한다. 만나고 싶은 사람을 만나면 당연히 반갑고 좋지만 그렇지 않은 사람을 만날 땐 부득이 만나기는 하지만 여전히 성의 없는 인사를 건네기도 한다. 지나고 보면 그래서는 안 되는데 아직 인격적으로 성숙하지 못해서인지 또 다른 서로 간의 문제가 있었는지 모르지만 좀 아쉬운 모습이다.

그러나 참고 지내다 보면 어떤 일이 계기가 되어 이전과는 다르게 좋은 관계로 회복되어 서로 절친한 친구가 되기도 한다. 때로는 왜 저 친구는 나를 싫어할까 고민하면서 자기의 잘못과 실수를 돌아보기도 하고 그렇다면 앞으로 내가 상대에게 어떤 마음으로 서로의 오해와 갈등을 해결할까? 접점을 찾기 위해 애쓰며 살아간다. 이것이 이웃과 더불어 살아가는 세상살이가 아닌가 생각한다.

사람은 누구라도 완전할 수 없다. 내 자신도 항상 조심하고 또 조심하지만 감정과 언행에 잘못이 얼마나 많은지 내 자신은 알고 있다. 그런데도 싫어하는 관계를 좋은 관계로 회복한다는 게 그리 쉽지 않음을 절감한다. 그런데 상대방에서 먼저 나에게 따뜻한 마음으로 다가오고 친절히 다가온다면 적어도 나는 그 사람에게 부끄러운 마음으로 크게 배워야 함이 그나마 인간답지 않은가 생각해 본다.

혹시라도 난 당신이 너무 싫어 당신을 보기도 만나기도 싫어라고 말한 적이 없나요 이런 말을 듣는 사람에겐 하늘이 무너짐 같은 낙심과 고통이 될 수 있으며 평생 동안 큰 상처로 남을 수 있다. 어려서 들었던 "너는 할 수 있어" 이 한마디는 평생 자신감을 갖고 도전과 성공의 삶을 살게도 하고 "너는 그것도 못해" 한마디는 한 사람의 일생을 위축시키고 소극적인 사람으로 살게 하는 동기가 되기도 한다. 조금은 부족하고 단점이 많아도 그 사람의 좋은 점과 잘한 점을 아낌없이 칭찬해 보자. 나는 당신이 너무 좋아요. 당신은 충분히 잘할 수 있어.

큰 그릇이 작은 그릇을 품듯이 큰 나무가 작은 나무를 품듯이, 먼저 다가가서 인사도 하고 품어도 주고 격려도 해 주고 또 용서도 해 주면 어떨까.

아픔의 시대, 이혼

많은 분들의 축하과 부러움 속에 결혼하여 두 자녀를 둔 부부가 있었다.

두 젊은이들이 뜨겁게 서로 사랑하여 결혼도 하고 귀여운 자식까지 낳아 행복한 부부로 잘 살아가는 줄 알았는데 그동안 남모르게 수많은 아픔과 갈등을 겪으며 살았다고 한다. 태어날 때부터 서로 다른 가정에서 서로 다른 생활 방식으로 성장하고 살았으니 정도의 차이는 있겠지만 서로 다를 수밖에 없는 것은 지극히 자연스러운 현상이다. 이런 현상을 문화 충격(culture shock)이라고 말하기도 한다.

완전히 서로 다른 지역이나 가정이나 환경에서 성장한 두 사람이 함께 살아가려면 극복해야 할 문제가 한두 가지가 아니다. 우선 마음부터 단단한 각오와 준비가 필요하다. 결혼을 약속한 젊은이들은 결혼을 위한 여러 준비 중에 어쩌면 가장 기본적이고 가장 먼저 공부하고 서로 세밀하게 나누어야 할 문제가 바로 이 결혼 이후의 생활 전반에 대한 대화가 아닌가 생각해 본다. 서로에게 자신의 마음

그리하면 살리라

과 생각을 솔직하고 정직하게 나누고 공유한다면 아무리 어려운 난제들이 있다 할지라도 별 어려움 없이 잘 극복하리라 기대한다. 많은 가정들이 그렇게 살아가고 있다.

그동안 서로 다른 문화 속에서 태어나 수십 년을 살아왔기 때문에 서로 다른 생활 습관에 익숙해 있음은 당연하다. 거의 모든 일상에서 서로 이질감을 느낄 정도로 어려운데 여기에다가 서로 성격이나 가치관까지 다르다면 여러 가지로 다툼과 갈등이 올 수도 있다. 이러한 상황을 대화로 사랑으로 잘 극복하지 못하면 큰 위기를 초래할 수도 있다. 그런데 이상하게도 우리 주위를 한번 둘러보세요. 이러한 위기의 가정은 정말로 생활이 어려운 가난한 가정이나 사회적 지위나 명예나 권력이 없는 평범한 가정보다 의외로 사회 지도층이나 남부럽지 않게 산다는 중산층의 가정에서도 적지 않음을 어렵지 않게 보게 된다.

이 시대의 젊은 세대들은 옛날 우리 부모님들처럼 그렇게 무작정 참고 살았던 때와는 다른 것 같다. 옛날보다 오늘날 사람들이 가정 살림살이나 자녀 영육이나 생활 전반에서 더 어렵다고 할 수 없다. 우리 부모님들은 이루 말로다 할 수 없는 고난의 역사 속에서도 피눈물로 가정을 지키며 살아왔다. 물론 시대가 변하고 날이 갈수록 더 다양해지고 복잡하고 살기 어려운 시대인 것은 사실이지만 그것도 생각하기 나름이다.

예로부터 동방예의지국이란 말이 무색할 정도로 최근 들어 세계에서도 가장 이혼율이 많은 나라 중에 한 나라가 바로 우리나라라고 한다. 대단한 충격이 아닐 수 없다. 이는 설명을 들어도 인정이 잘 안 된다. 세계에서 가장 학력이 높은 나라, 세계 10대 경제 대국으로 잘사는 나라, 세계에서 가장 큰 교회가 많은 나라, 그런데 이혼이 왜 가장 많을까? 우리 조상들이 들으면 지하에서도 깜짝 놀라 일어날 일이다. 정말 부득이한 사정으로 이혼할 수도 있겠지만 이제는 인간으로서 두 번 다시 겪을 수 없는 그 고통스러운 이혼이 조금씩 보편화가 된 것 같아 너무 마음 아프고 참 서글프다.

결코 만만치 않은 이 시대를 살아가는 우리 젊은이들이 많은 아픔과 상처를 안고 살아가는 것 같다. 어떻게 위로하고 용기를 줄 수 있을까? 또한 이 시대를 함께 살아가는 바로 우리의 몫인 것 같다.

그리하면 살리라

마지막 기회

오늘날 이 시대를 살아가는 대부분의 사람들은 매우 불안하고 위험한 시대라고 느끼며 살아갈지 모른다. 최근 들어 세계 강대국들 간의 정치적 대결 러시아와 우크라이나와의 전쟁 코로나19 질병과 점점 더 강력해진 공포의 자연재앙은 이 세상이 곧 어떻게 될 것 같은 불안감을 느끼기에 충분하다. 성경에서는 이미 여러 가지 말세적 현상을 구체적으로 말씀한 바 있다. 다만 이 시점에서 그리스도인들에게 가장 절박한 문제는 온 세계 열방에 어서 속히 복음을 전해야 하는 시대적 사명이다.

이제는 지체할 시간이 그다지 많지 않아 보인다. 온 세상은 하루가 다르게 급변하고 있다. 정말로 복음을 받아들일 수 있는 지역이나 환경들은 점점 닫혀지고 어려워지고 있기 때문이다. 물론 최첨단 과학으로 교통 정보 통신 등 발전은 전 지구촌 어디든 훨씬 더 빠르게 복음을 전달할 수 있는 방법이나 도구가 되고 있음이 그나마 얼마나 다행인지 모른다. 그러나 아직도 기독교를 반대하고 박해하는 공산주의 국가들과 오랫동안 국가적으로 전통적으로 특정 종교를 지켜온 지역들은 여전히 쉽지 않음을 다 잘 알고 있다.

그동안 영국 미국을 비롯한 서구 유럽의 많은 교회들이 세계 복음화에 최선을 다하였다. 지금도 이 마지막 때를 위하여 전 세계 곳곳에 예비해 놓으신 하나님의 부르심을 입은 교회와 성도들을 통하여 천국 복음이 온 세상 모든 민족에게 속히 전파될 것을 간절한 마음으로 소망하며 기도한다. 이제는 날이 갈수록 더 다양해지고 강력해진 온갖 질병과 자연 재해와 끊이지 않는 전쟁의 소문은 온 세상을 더욱 더 두려움과 불안으로 가득하게 한다. 그래서 더욱 더 바쁜 마음으로 외쳐야 한다. 이 마지막 때 유일한 소망은 오직 예수그리스도이다. 어떤 사람에게는 오늘 하루가 마지막 시간 마지막 기회일 수도 있다.

"회개하라 천국이 가까왔느니라"

너는 말씀을 전파하라 때를 얻든지 못 얻든지 항상 힘쓰라 범사에 오래 참음과 가르침으로 경책하며 경계하며 권하라. 때가 이르리니 사람이 바른 교훈을 받지 아니하며 귀가 가려워서 자기의 사욕을 좇을 스승을 많이 두고, 또 그 귀를 진리에서 돌이켜 허탄한 이야기를 좇으리라, 그러나 너는 모든 일에 근신하여 고난을 받으며 전도인의 일을 하며 네 직무를 다하라

(디모데후서 4장 2~5절. 개역한글. 성경전서. 대한성서공회)

2022년 기도 제목

1. 회개의 영을 부어 주소서.

2. 믿음의 기도를 드리도록 도와주소서.

3. 거룩하신 하나님의 성품을 본받는 자 되기 원합니다.

4. 온 세상에 하나님의 복음이 속히 전파되길 기도합니다.

5. 소명자의 삶을 살도록 도와주옵소서.

6. 예수님의 사랑과 권세와 능력의 삶을 살도록 도와주옵소서.

7. 자녀들과 가족과 이웃에게 믿음의 조상답게 살도록 도와주옵소서.

9. WEC 국제선교회가 세례 요한처럼 주님의 다시 오심을 준비하도록 도와주옵소서.

10. 우리 민족과 교회가 하나님 말씀에 순종하고 성령으로 충만하도록 도와주옵소서.

예수님의 이름으로 기도합니다. -아멘-

대면이냐 비대면이냐

우리는 성도들이 한자리에 모여 예배드릴 때 뜨거운 찬양 불같은 성령의 역사를 경험하며 서로 나누고 품고 위로하고 병든 자를 치유하는 복음의 능력을 경험한 바 있다. 또한 예배 가운데 하나님의 음성을 듣고 특별한 부르심을 받기도 한다. 그래서 이 세상 땅끝 미전도민족(지역)에 선교사를 파송하는 성령의 역사를 보기도 한다. 이것이 예배의 현장이다.

대부분의 성도들은 지금까지 다니던 전통적인 교회생활에 익숙해 있다. 특히 예배생활은 더욱 그렇다. 그러나 2020년 코로나19로 인한 2년여 동안 전통적인 직접 대면 예배를 드리지 못하고 Youtube, Zoom 등 영상 매체를 통한 각자의 생활 처소에서 예배를 드리게 되었다. 처음에는 이런 온라인 영상예배가 어색하기도 했지만 어느덧 2년이 지난 지금은 오히려 각자의 처소에서 편안하고 자유로운 온라인 예배에 익숙하게 되었다. 이제는 직접 힘들게 교회까지 가지 않아도 예배를 드릴 수 있는 새로운 예배 형식을 경험하게 된 것이다. 하지만 신앙생활의 중심이 되는 예배는 역시 온 성도들이 공동체로 함께 모여 찬양하며 합심으로 기도하며 온 교회가 한 마음으로 올려 드리는 대면 예배가 아닌가 싶다.

이제는 예배 집회 형식을 따라 대면 예배 비대면 예배로 부르고 있다. 교회당에서 온 성도들이 함께 모여 예배드리고 교제도 나누고 다양한 활동도 같이하는 전통적인 대면 예배도 있는가 하면 반면에 가능한 편리한 대로 인터넷이나 휴대폰 등 매체를 통한 영상으로도 예배를 드리는 새로운 형식의 예배도 경험을 하게 된 것이다.

불가피한 사정이 있을 때 교회에 나가지 못하고 부득이 영상 예배를 드린 점은 이해가 되지만 그렇지 않고 그저 편리함 때문에 교회 출석이나 활동은 하지 않고 자기 혼자 영상 예배만 드리고 만다면 그다지 바람직한 신앙생활은 아닌 것 같다. 물론 불가피한 환경이나 사정으로 예배에 참석할 수 없는 사람들에게는 이 영상 예배가 매우 필요적절한 대안일 수 있다. 병상에서 치료 중인 분들, 기독교 반대 국가에 사는 사람들, 예배시설이 없는 선교지 등에 사는 사람들에게는 매우 유익한 예배 형식이 될 수 있다. 다만 어떤 형식으로 예배를 드리든 하나님 앞에서 신령과 진정으로 올려 드리는 예배가 드려지기를 소망한다.

Korean Style 기도

우리나라 기독교인의 대부분은 주일날은 교회당 안에서 함께 예배를 드리고 영적 훈련을 받으며 교제도 하고 주어진 주일학교 교사 찬양 성가대 등 여러 사역도 감당한다. 그 외에 평일에도 새벽예배, 수요예배, 금요철야예배도 열심히 참여하고 전도활동도 열심히 하고 있다. 가정에서는 가정예배, 성경쓰기 큐티 등 신앙생활을 잘하고 있다. 이러한 열심이야말로 한국 교회를 부흥시킨 원동력이 아닌가 생각해 본다. 아마도 요즈음 성경책이 만들어졌다면 〈한국 교회 성도들의 열심〉에 관한 내용도 어느 성경 한 페이지에 기록하지 않았을까 상상해 볼 정도이다.

예로부터 한국교회에는 아주 특별한 기도 형식이 있었다. 그것은 주로 회중 기도시간에 사용하는 이른바 "주여 삼창 기도"이다. 이렇게 시작하는 합심기도는 전 세계 어느 나라 교회에서도 볼 수 없는 매우 독특한 기도 형식이다. 이는 한국교회 목회자와 성도들이 얼마나 기도에 대한 간절함과 열정이 대단했는지를 알 수 있는 좋은 예이다. 지금도 선교지에서는 선교사들께서 다같이 'Korean Style로

그리하면 살리라

기도 합시다'라고 하면 자연스럽게 큰 목소리도 주여 삼창하고 부르짖어 기도한다. 아마도 전 세계 기독교계에서도 Korean Style 기도를 모른 분은 거의 없을 정도로 잘 알려져 있다.

기도에 대한 한 예를 들었지만 요즈음은 그렇게 열정이 넘치고 열심히 헌신했던 한국 교회 선배들의 모습이 생각날 때가 많다. 최근 들어 일부이긴 하지만 한국 교회의 기도의 열심도 예배 열정도 선교의 소명도 옛날 같지 않아 보인다. 아직도 지구상에는 많은 미전도 민족들이 남아 있는데 한국 교계의 선교 열정이 빠르게 식어진 듯하여 매우 안타까운 마음이다.

하나님의 임재로 충만한 예배를 사모합니다.
이순간도 온 세계 열방 곳곳에서 두 손 들고 부르짖는 Korean style 기도 소리가 들리는 듯합니다.

아버지께 참으로 예배하는 자들은 신령과 진정으로 예배할 때가 오나니 곧 이때라 아버지께서는 이렇게 자기에게 예배하는 자들을 찾으시느니라, 하나님은 영이시니 예배하는 자가 신령과 진정으로 예배할찌니라
(요한복음 4장 23~24절. 개역한글판. 성경전서. 대한성서공회)

하나님의 마음으로

하나님께서 죄인인 나를 구원해 주셨다는 것은 하나님께서 나를 사랑하신다는 증거이다.

하나님께서 항상 나를 가장 바른 길로 가장 축복의 길로 인도해 주셨고 오늘도 그리고 앞으로도 하나님께서는 나를 가장 선하게 아름답게 인도해 주실 것이다. 비록 내게 부족함이 많고 말씀대로 살지 못할 때도 많지만 하나님께서는 끝까지 나를 버리지 않으시고 주의 길로 인도해 주실 것이다. 주여 연약한 나를 불쌍히 여겨 주옵소서. 긍휼히 여겨 주옵소서.

매 순간마다 나의 눈을 열어 내 자신을 보고 또 이 세상을 볼 수 있도록 도와주소서. 하나님의 마음으로 이 시대를 분별할 수 있도록 지혜를 주옵소서. 하나님의 마음으로 기도하고 하나님의 마음으로 말씀을 보고 듣게 하옵소서. 하나님의 마음으로 하나님을 경배하게 하소서. 하나님의 마음으로 하나님의 이름을 부르게 하소서. 하나님의 마음으로 살게 하소서.

여인이 어찌 그 젖 먹는 자식을 잊겠으며 자기 태에서 난 아들을 긍휼히 여기지 않겠느냐 그들은 혹시 잊을찌라도 나는 너를 잊지 아니할 것이라

(이사야 49장 15절. 개역한글. 성경전서. 대한성서공회)

2022. 7. 8.

나의 신뢰도는

사람은 태어나서부터 삶을 마칠 때까지 한평생을 관계 속에 살아간다.

때로는 우리가 어떤 사람을 만나려고 하면, 만나기 전이나 만난 후에라도 그 사람에 대한 기대감이 있다. 그 기대감은 그 사람에 대한 신뢰도와도 깊은 관련이 있다. 신뢰도는 그 사람에 대한 믿음의 척도이다. 신뢰한 만큼 가까워질 수 있고 친해질 수 있을 것이다. 반면에 신뢰할 수 없는 사람과는 어떤 일이든지 같이 하기란 쉽지 않을 것이다. 하물며 국가 사회 특히 종교 지도자에게 신뢰도는 생명이다. 그만큼 신뢰도는 모든 관계의 시작이요, 뿌리라 할 만큼 중요하다고 할 수 있다.

이렇듯 개인이나 가족이나 공동체나 그 어디든 만남 속에서 신뢰도는 참으로 중요하다. 그 신뢰도에 따라 그 사람의 일상생활에도 관계에도 지대한 영향이 미치기 때문이다. 즉 그 사람의 신뢰도가 곧 그 사람의 얼굴이요, 인품이요, 그 사람에 대한 믿음이 되기도 한다. 어떤 사람은 밖에서는 그럴듯한데 가족에게는 제대로 인정을 받지 못한 경우도 있다. 어떤 사람은 교회에서는 직분도 갖고 그럴듯한데 가정이나 직장에서는 믿지 않는 사람이나 별 다를 바 없이 살아간다.

부부가 서로 신뢰하지 못하면 어떤 일이 일어나는지 잘 알고 있다. 물론 부부뿐 아니다. 부모와 자식 간에도 형제간에도 친구 간에도 이웃 간에도 가까울수록 더욱 더 그렇다. 요즈음 한국 사회에 가장 성스럽고 행복을 누려야 할 많은 가정들이 얼마나 많은 어려움을 겪고 있는가? 가끔 국가 사회의 지도자들이 권력과 조직 정보를 이용해 상상할 수 없는 부를 축적하기도 하고 때로는 이성 간의 부적절한 처신으로 국가 사회에 큰 물의를 일으킨 경우도 심심찮게 본다. 그럴 때마다 이런 충격적인 사건들을 대하는 국민들은 그 지도자에 대해 크게 실망하며 때로는 허무감과 배신감 같은 감정을 느끼기도 할 것이다. 이는 철석같이 굳게 믿었던 사람에 대한 신뢰감이 무너질 때 오는 스트레스나 상실감이 아닐까 싶다.

나는 신뢰할 수 있는 사람인가? 자신의 신뢰도는 오랫동안 자신이 살아오면서 말하고 행동했던 삶의 결과이며 이것이 자신의 품격이 되기도 한다. 어떤 사람은 대화를 너무도 재미있게 잘한다. 그러나 너무 과장이 많다. 그러면 상대방은 그 말을 얼마나 믿어야 할지 고민하며 듣게 된다. 그래야 문제가 없고 뒤탈이 없거든요. 신뢰도는 서로의 관계를 지탱하는 힘이다.

죽음이 끝이 아니다

많은 사람들은 이 세상에서 육신의 죽음이 곧 인생의 끝인 줄 안다. 그래서 가족이나 친지나 가까운 지인이 죽음을 당하면 인생이 다 끝난 것처럼 비통해한다. 물론 세상에서 한평생 생사고락을 함께 하며 살다가 어느 날 훌쩍 떠나보내면 당연히 슬프겠지요. 이 세상에서 가장 큰 스트레스가 바로 가족이나 배우자의 죽음이라고 하지 않던가요. 그러나 이 세상에서의 죽음이 끝이 아니다. 사람은 죽는다고 다 끝난 것이 아니라는 사실이다.

성경 말씀 중에 이미 약속한 대로 온 세상에 복음이 다 전파되고 나면 예수께서 다시 오실 것인데 그때는 예수를 믿는 사람이든 믿지 않는 사람이든 천국이나 지옥 중 한 곳에서 영원히 살게 된다. 한 번 태어난 인생은 죽음은 있어도 끝은 없다. 천국에서 영원히 살 것이냐 지옥에서 영원히 살 것이냐의 문제이다. 이 예언의 약속은 머지않아 모든 사람에게 현실로 이루어질 것이다. 이 사실을 믿든 믿지 않든 그날은 우리 눈앞에 다가 오고 있다. 성경말씀은 이루어지지 않은 말씀이 없다. 하나님의 약속이기 때문이다.

"내가 속히 오리라 내가 진실로 속히 오리라" 요한계시록 마지막장 마지막에 있는 말씀이다. 이 세상에서 죽지 않을 인생이 있는가? 그 어느 누구도 죽음을 피할 수 없다. 사랑하는 부모도 부부도 친구도 죽어 가는 그 모습을 지켜보면서도 인간이 무엇을 할 수 있던가. 돈이든 권력이든 어떤 선한 일이든 이 세상을 마지막 떠나는 고인에게 무슨 필요가 있을까요. 단 한 가지 영원한 생명입니다. 예수를 믿고 구원을 얻는 것입니다.

이 세상 곳곳에서 일어난 종말의 징조들을 보세요. 세상 끝이 이미 눈앞에 와 있습니다.

이시간이 마지막 기회일지 모릅니다. "예수를 믿는 자마다 영생을 얻게 하려 하심이라(요한복음 3장 15절 말씀 중)"

보라 내가 너희에게 비밀을 말하노니 우리가 다 잠잘 것이 아니요 마지막 나팔에 순식간에 홀연히 다 변화하리니, 나팔 소리가 나매 죽은 자들이 썩지 아니할 것으로 다시 살고 우리도 변화하리라

(고린도전서 15장 51~52절. 개역한글. 성경전서. 대한성서공회)

인생, 영광의 그날이

어린 시절 밥만 먹으면 우리 집 마당 같은 바닷가로 달려 나가 조개 줍던 그 시절이 어제 같은데 어느덧 은퇴하고도 한참의 시간을 보내고 있다. 드디어 내가 결혼한다고 고민하고 부산떨던 그날이 엊그제 같은데 벌써 시니어 세대가 되었다니 믿기지 않는다. 아들 결혼시킨다고 야단법석이던 날이 어제 같은데 벌써 엄마 아빠 부르며 내년에 유치원에 갈 손자가 있으니 정말로 "우리가 날아가나이다"라는 성경 말씀이 실감이 간다.

마음은 아직 청년인데 속절없이 허약해진 몸은 어찌할 도리가 없구나. 아무리 생각해도 내 인생의 절반은 내 기억에 없다. 도둑맞은 것 같다.

어제까지 쩌렁쩌렁한 목소리로 짓궂게 농담하던 친구들이 하나둘씩 인사도 없이 떠나간다. 그럴 때마다 인생이 무엇인가? 마음이 뒤숭숭해진다.

나도 각오를 단단히 해야 한다. 마음이 약하고 겁도 많고 소심해서 더욱 더 후히 주시고 꾸짖지 아니하신 하나님 내 아버지께 믿음을 더해 주옵소서. 기도해야 할 것 같다. 인생, 이 세상에서 몇 년 정도 더 살 수는 있으나 영원히 살 수 없다. 이 세상의 고단한 삶 죄짓고 돈 떨어지고 병들고 늙고 지치도록 너무 불쌍하게 살 의미가 무엇인가? 그렇다. 만일 천국이 없다면 인생이 얼마나 불쌍한가? 그러나 믿는 자에겐 영원한 본향 천국이 있어 죽음을 이기고 영생을 누릴 수 있으니 얼마나 얼마나 다행이고 축복인가. 죽다가 살아난 것보다 더 놀라운 기적이 아닌가요.

우리의 년수가 칠십이요 강건하면 팔십이라도 그 년수의 자랑은 수고와 슬픔뿐이요 신속히 가니 우리가 날아가나이다

(시편 90장 10절. 개역한글판. 성경전서. 대한성서공회)

2021년 6월의 추억

저 넓고 푸른 바다 볼 수 없는 수평선 저 너머에는 어떤 세상이 있을까? 몽돌로 유명한 울산 주전 바닷가 세찬 파도는 아기자기한 귀엽고 예쁜 몽돌들을 어루만지며 쓸어 올렸다 내렸다. 하얀 물거품을 일으키며 우리를 열렬히 환영한다.

이 아름다운 동해 바닷가에서 사랑하는 우리 가족과 함께 비록 하룻밤이지만 즐거운 시간을 보냈다. 마당 한가운데 아담한 수영장이 있는 더테라스 펜션에서 루아랑 고무보트도 타고 수영도 하고 이야기도 하고 행복한 시간을 보냈다.

온 지구를 둘러싼 듯한 저 거대하고 끝없는 밤바다는 어떤 바다일까?

밤새도록 저 먼 바다에서 파도를 만들어 기다리는 우리들 앞에서 하얗게 부서지고. 오랜만에 모여 하얗게 지새운 밤 오랜만에 생존 경쟁의 세상을 벗어나 하룻밤이나마 우리들만의 추억을 만들기에 설레는 밤 바다였다.

붉은 하늘과 붉은 바다가 맞닿은 수평선 너머에서 가슴 터질 듯

이글거리며 찬란하게 떠오른 아침 해를 바라보며 자리에서 일어나 파도소리와 함께 감사 기도를 드린다. 지난 밤 다른 세상에 와 꿈을 꾸는 듯 내 곁에 잠자고 있는 자식들 얼굴을 보며 아침인사도 건네 보고 아직 새록새록 잠에 취해 있는 천사 같은 우리 루아 얼굴 바라 보고 만져 보고 안아 보고 먹여 주고 입혀 주고 행복한 아침을 맞이 한다.

부모님 위해 먼 이곳까지 오느라 수고한 자식들의 마음이 크다. 그리고 바다도 하늘도 따뜻한 날씨도 함께한 시간도 모두 소중하고 감사한 시간이다.

우리 하나님 아버지의 은혜입니다.

2021. 6. 26~28. 울산 주전 테라스 펜션에서

사랑이 아니면

2020년 1월부터 불과 몇 개월 만에 전 세계적으로 퍼진 코로나19 바이러스 전염병으로 2년여 만에 수백만 명이 사망했다고 한다. 21세기 최첨단 과학시대란 말이 무색하리만큼 바이러스 전염병 하나 때문에 전 세계 인류가 이렇게 불안 속에서 살아가고 있다니 인간의 한계를 온몸으로 실감한다. 죽은 자도 살려 낼 것 같은 곳곳에 세워진 웅장한 병원도 그 숱한 건강 광고의 의약품도 현대 의학도 우주를 왕래하는 고도의 발전된 지식도 바이러스 전염병 앞에서 인류의 자존심이 여지없이 무너지는 기분이다.

아직도 이 지구상의 많은 후진국에서는 제대로 된 병원도 의사도 의약품도 태부족하고 의료 시설이나 의료 수준 의료 환경도 매우 낙후된 현실로 정상적인 치료와 관리가 이루어지지 않고 있다고 한다. 코로나19는 선진국 후진국을 가리지 않고 가는 곳마다 넘쳐나는 확진자들과 사망자들로 병의원 주위에까지 큰 혼란과 어려움을 겪고 있는 상태라고 한다.

결국은 설상가상으로 생활 환경이 열악한 후진국에서의 선교 활동까지도 더욱 더 어려움이 더해지고 있다고 할 수 있다. 우선 각 나라마다 다른 나라로부터 확진자들이 입국할까 봐 공항을 폐쇄하고 있기 때문이다. 코로나19의 위험에 처해 있는 현지 선교사와 가족들 중에도 확진된 분들도 사망자도 점점 더 발생하고 있는 실정인데도 본국에 입국도 못하고 현지에서 정상적인 치료도 받지 못하고 있는 안타까운 소식이 계속 들려오고 있다.

때로는 선교현지에서 사역하고 있는 선교사들은 오히려 지금이야말로 온 세상에 복음을 전할 수 있는 좋은 기회라고 하며 위험을 무릅쓰고 현지인들과 함께 보내기도 한다. 이렇게 복음을 위해 살아가는 그분들을 보면 왜 그렇게 스스로 위험한 나라에 나가서 고생하는지 본국에 있으면 남부럽지 않은 편안한 삶을 누릴 수 있는데도 아내와 자식까지 선교사 만들어 항상 위험이 도사리는 풍토병과 열악한 환경과 싸우며 살고 있는지? 무엇이 이분들을 이렇게 살게 하는지, 똑같이 예수 믿는 자로서 부끄럽기도 하고 놀라울 따름이다. 오늘도 오직 복음을 위하여 그리스도의 증인으로 살아가는 그 현장에 복음의 능력이 불같이 일어나기를 두 손 모아 기도한다. 사랑은 위대한 능력이다.

구원받은 성도는

자신의 죄악으로 영원히 형벌을 받아야 마땅한 죄인들이 어떻게 용서를 받고 영생을 얻을 수 있을까? 이는 아무 대가나 조건 없이 주시는 하나님의 은혜요, 자기 몸을 버리기까지 죄인들을 사랑하신 예수그리스도의 사랑이라는 말 외에는 설명할 수 없을 것 같다.

죄인이 어떻게 그 죄에 대한 심판과 형벌을 받지 않고 구원을 얻을 수 있는가?

그 대답은 한 가지이다. 내가 받을 형벌을 대신해 십자가를 지신 예수그리스도를 나의 구주로 믿는 것이다.

"하나님이 세상을 이처럼 사랑하사 독생자를 주셨으니 이는 저를 믿는 자마다 멸망치 않고 영생을 얻게 하려 하심이니라"(요한복음 3장 16절)

하나님께서는 천지를 창조하실 때에 〈사람〉을 하나님의 형상을 따라 창조하시고 기뻐하시고 심히 기뻐하셨다고 말씀하셨다. 사람을 하나님의 형상을 따라 만드셨다는 것은 우리의 삶도 언제나 하나님 말씀 안에서 하나님과 함께 살아야 할 존재임을 나타 낸 말씀이라 할 수 있다.

창세기 시대에도 사람들은 하나님의 말씀을 듣지 않고 하나님을 떠나 자기 마음대로 죄악을 저지르며 살다가 하나님의 심판을 받았다. 그러나 하나님은 인류의 죄를 대속하기 위하여 예수그리스도를 세상에 보내어 이 세상을 구원해 주셨다. 이것이 하나님의 형상을 닮은 사람들을 끝까지 버리지 않고 사랑하신 하나님의 은혜요, 사랑이다.

이 놀랍고 놀라운 하나님의 구원은 인간의 어떤 선함이나 공로가 아니요, 오직 하나님 선물이다. 성도는 구원을 얻기 위하여 선한 일을 하는 것이 아니라 나 같은 죄인을 아무 대가 없이 구원해 주신 그 은혜와 사랑이 너무 크고 감사해서 선한 일도 하고 복음을 위하여 살기도 한다.

구원은 믿음으로 얻는다. 예수그리스도가 나의 구원자임을 믿는 믿음이다. 그 어떤 종교적 행위로 구원을 얻는 것이 아니다. 인간의 어떤 위대한 공로로도 어떤 선한 행실로도 나의 죄를 조금이라도 씻을 수 없다. 우리의 죄를 예수께서 다 짊어지시고 십자가에서 대신 죽으심으로 우리를 구원해 주셨다는 이 사실을 믿는 믿음이다.

이 사실을 믿는 자들은 하나님의 인도하심을 따라 살아간다. 복음의 증인으로 예수의 제자로 감사와 기쁨으로 살아간다. 때로는 세상에서의 안락함과 풍요로운 삶을 포기도 하고 박해와 핍박을 당하기도 하지만 온 세상 모든 민족에게 예수그리스도의 복음을 전하며 십자가의 증인으로 살아가려고 엎드린 자들이다.

중직자 세우기

　교회에서 중직자 특히 당회원이 되는 항존직을 누구로 선출해야 할 것인가?는 날이 갈수록 더욱 더 중요한 과제가 아닌가 생각 된다. 왜냐면 세상이 점점 더 신앙을 지키기에 만만치 않기 때문이요 심심찮게 교회 리더십 안에서 하나 되지 못하고 덕스럽지 못한 일들이 발생하고 있기 때문이다.

　교회의 주인은 하나님이시다. 교회는 주인 되신 하나님의 말씀대로 순종하고 성령의 인도하심을 따라야 한다. 따라서 중직자는 교회를 하나님의 뜻에 따라 허리를 굽혀 섬겨야 하는 청지기로서 신앙생활의 모범이 돼야 한다. 중직자로 선출되는 순간 교회에서든 이웃에서든 어디서든 성실한 삶을 살아야 하며 어린이부터 어른에 이르기까지 온 성도들을 겸손히 섬겨야 한다.

　일부이긴 하지만 어떤 교회는 교회 본래의 거룩하고 순결한 모습이나 복음의 소명은 사라지고 세상에서조차 뉴스거리가 되기도 한다. 이는 주님의 몸 된 교회가 말씀과 성령의 인도함에 순종하지 못하고 오히려 세상적인 지식이나 경험, 세속적인 힘이나 주장에 영향을 받기 때문이다. 그러므로 그 교회의 영적 지도자나 리더십으로 어떤 분들이 세워지느냐는 곧 그 교회가 어떤 교회가 되느냐와 직결되는 문제가 된다.

그러므로 온 공동체가 한 몸이 되어 전적으로 말씀과 성령의 인도함에 따라 순종하여 하나님의 뜻을 이루는 교회가 되도록 전심을 다해 기도하고 섬겨야 할 것이다. 그렇지 않고 사람의 논리나 주장을 따르다 보면 그것이 갈등이 되고 다툼의 요인이 되어 온 성도들의 마음이 하나 되지 못하고 사탄의 주된 무기인 분열과 이간질로 교회는 혼란에 빠지기 쉽다.

정말 많은 영적 시험과 도전이 강도처럼 달려드는 이 마지막 때에 교회의 기둥 같은 위치에 있는 리더십은 하나님을 가까이하고 하나님께 엎드리고 하나님의 음성을 듣고 여러 사역들을 결정하고 행하여야 할 것은 너무 당연한 일이다. 이 말세에 교회마다 하나님의 부르심을 받은 하나님의 사람들이 세워지기를 기도한다.

예수님께서도 밤새도록 기도하시고 제자들을 세우셨다. 교회 일꾼들은 사람들이 세운 것이 아니다. 예수님께서 세우신다.

그리하면 살리라

친구 장로님께

친구여, 교회에서 만나 같이 예배드리고 기도하고 지낸 지도 어느덧 20여 년이 지난 것 같네 내가 우리 교회 처음 왔을 때 얼마나 서먹하고 어색하든지 내가 여기서 얼마나 적응할 수 있을지 망설임이 많았었네. 그래서 나는 1년 동안 다시 하나님의 인도함을 구하기 위해 새벽마다 사생결단 하듯 주위의 눈치나 체면 무릅쓰고 부르짖어 기도했었네.

그때 이 교회는 무엇보다 서로 위로하고 사랑하고 목회자들과 직분자들과 온 교회 성도들이 성령으로 하나 되기 위한 기도가 얼마나 절박하다는 것을 마음속 깊이 느꼈네. 이것이 하나님께서 나를 강남교회로 부르신 이유인지 모르겠네. 친구여 우리는 몇 년 동안 이심전심으로 곁에 붙어서 예배드릴 때도 찬송 부를 때도 기도할 때도 이 부르심을 가슴에 새기고 교회를 섬겼다고 생각하네. 항상 머리를 숙이고 허리를 숙이고 떨리는 무릎으로 성도님들 섬기고 선배님들 섬기고 후배님들 섬기고 끝까지 섬기다가 내려오기로 했었지, 이렇게 섬길 수 있는 마음은 하나님께서 주신 마음이라고 믿었네. 얼마나 감사한가.

친구여 2016년 12월 25일 함께 은퇴하고 벌써 또 몇 년의 세월이 흘렀네.

그때 그 사역의 열정도 새벽마다 부르짖던 기도소리도 당회 모일 때마다 지나칠 정도로 싱거운 농담소리도 그 시끌시끌하던 웃음소리도 어느덧 그리운 추억이 되었네.

사랑하는 친구여 그동안 행복했네.

친구여, 성경말씀 한절이 생각나네.

"사람이 친구를 위하여 자기 목숨을 버리면 이에서 더 큰 사랑이 없나니" (요한복음 15장 13절. 개역한글. 성경전서. 대한성서공회)

2022년 5월 태화강국가정원 양귀비꽃이 만발하던 봄날

그리하면 살리라

할머님 생각

   우리가 사는 동네 가까운 곳에 5일마다 큰 전통 시장이 선다.

   우리는 자주 그 시장에 가서 그때그때 필요한 식료품을 구입하기도 하고 구경도 한다.

   그 시장 여기저기 골목까지 심지어 남의 집 대문 앞에까지 잔뜩 쌓아 놓은 쌀 배추 고구마 사과 고추 등 싱싱한 농수산물들을 볼 때마다 자연스레 옛날 어린 시절 시골에서 농사짓던 추억도 떠올리며 상인들 모두가 다 우리 이웃집 아버지 어머니 같은 정감도 느껴 본다. 온 시장을 여기저기 기웃거리다 보면 금방 한두 시간이 지나가고 만다.

   가만히 앉아 있어도 땀이 흘러내린 8월 어느 장날 저희가 특별한 대접 한 번 해 드린 적 없는 연노하신 할머님께서 우리 집 가까운 장에 오셨다고 하시면서 좀 나오라고 하시더니 잘 익은 복숭아 한 봉지를 꺼내 주셨다. 허리가 굽은 할머니는 그 시장에 오시려면 일부러 버스를 타고 오셔야 하는데, 아니 어떻게 오셨느냐고 깜짝 놀라 물었더니 이 시장엔 농산물도 많고 싱싱하고 값도 싸고 그래서 장

날마다 놀기 삼아 오신다고 하셨다.

  오늘도 구경 삼아 오셨다고 하시지만 이 동네 장날엔 버스 타기에
도 얼마나 복잡한데 불편하신 몸으로 이렇게 오시다니 마음이 아련
해 왔다. 자기 친 자식들에게도 그렇게 하기가 쉽지 않으실 텐데 이
무더운 여름날 연노하신 몸으로 미니 손수레를 끌고 버스를 타고
여기까지 어떻게 오셨을까? 너무 죄송하기만 했다.

  올 여름 내내 시장이든 길거리에서든 그 향기 강하고 불그스름한
복숭아를 볼 때마다 그 할머님 생각이 많이 났다. 혹시 하늘나라에
서 우리 엄마가 내가 너무 보고 싶어서 그 할머니로 오셨을까? 할머
님 감사합니다. 내내 건강하시고 행복하세요.

그리하면 살리라

기도하다 보면

대부분의 사람들은 꼭 이루고 싶은 꿈이나 소원 몇 개쯤은 가지고 살지 않을까!!

그 소원은 사람에 따라 다르겠지만 이루고 싶어 하는 간절한 마음은 크게 다르지 않을 것이다. 이렇게 자기 평생에 꼭 한 번 이루고 싶은 꿈이나 소원을 이루기 위해 열심히 기도하기도 한다.

이렇게 꼭 이루고 싶은 꿈이나 소원 중에는 평범하고 일상적인 소원도 있겠지만 때로는 생사를 다투는 절박한 문제를 앞에 두고 기도할 때도 있을 것이다. 비록 자기 자신뿐이겠는가 때로는 자식이나 부모를 위해 또는 가까운 가족이나 이웃 국가 사회를 위해 엎드려 기도해야 할 일이 얼마나 많은가?

가끔 기도를 하다가도 어떤 때는, 내가 지금 이 기도는 왜 하지? 무엇을 위해 하지? 내가 지금 절박하게 부르짖는 이 기도는 누구를 위한 어떤 기도지? 때로는 이 기도가 너무 나의 소원과 욕심을 이루고자 하는 이기적인 기도가 아닌가? 온 세상을 위한 복음과 하나님 나라와는 무관심하지 않은지? 지구촌 곳곳에 정치적으로 경제적으로 질병으로 고통 속에 살아가는 그들을 위해 얼마나 관심을 갖고 기도하는지, 가끔은 기도 중에 다시 기도 정리를 할 때도 있다.

당연히 내 자신의 기도 제목도 있다. 또한 이웃과 교회, 공동체와 국가 사회의 문제들을 품고 기도하며 온 세상에 속히 복음이 전파되고 하나님의 구원이 이루어지도록 기도한다.

그렇게 기도하다 보면 예수께서 가르쳐 주신 주기도문처럼 뜻이 하늘에서 이룬 것같이 땅에서도 이루어지기를 기도하고, 내가 아직 가슴에 품지 못한 새로운 민족이나 나라를 위해 기도할 수 있는 하나님의 마음을 보여 주실 때도 있다.

기도하다 보면 때로는 예수님을 만날 때도 있고 때로는 나의 꿈과 소원을 내려놓을 때도 있다.

기도하다 보면 이렇게 살 길이 보인다.

너희는 먼저 그의 나라와 그의 의를 구하라 그리하면 이 모든 것을 너희에게 더하시리라

(마태복음 6장 33절. 개역한글. 성경전서. 대한성서공회)

그리하면 살리라

유명인보다 당신

　요즈음 방송계에서는 대중음악 오디션 프로가 한참 인기이다. 이 프로그램을 통해 그동안 무명 가수에서 유명 가수로 인지도를 높일 수 있는 절호의 기회가 된다고 한다. 이 과정을 통해 인기 있는 가수나 연예인의 꿈을 이루고, 그 어려웠던 무명 시절을 끝내고 이전과는 비교할 수 없는 대중적인 인기를 누리며 유명 연예인의 삶을 누리게 된다고 한다. 그래서 요즈음 많은 젊은이들은 유명 연예인의 등용문이 되는 여러 방송사들의 오디션에 도전하기도 한다.

　그러나 세상에는 이와는 또 다른 철학이나 가치관으로 살아가는 특별하고 유명한 분들도 많다. 물론 그 사람들은 자기를 평범한 한 시민일 뿐이라고 소개한다. 그 흔한 명함도 없다. 오히려 그분은 그 누구도 자기를 알아주기를 원치 않는다. 오히려 자기를 알아보려고 하는데 부담스러워하는 사람들이다.

　그는 최선을 다하여 불우한 이웃을 찾아다니며 소외된 사람들의 다정한 친구로 사는 평범한 사람들이다. 과연 그분들을 누구라고 소개할까? 딱히 대중 앞에 내세울 프로필도 없다. 굳이 소개해야 한다면 그는 정직하며 따뜻하며 정이 많고 자기보다 어려운 이웃을 가족처럼 사랑하고 함께 더불어 살아가는 평범하고 순수한 우리 이웃이다. 그렇다고 선한 사마리아인 같은 사람이라고 하면 매우 언짢아하신 분들이다.

그분을 볼 때마다 이 삭막한 시대에 아무리 깊은 신앙인이라도 어떻게 저렇게 살 수 있을까? 생각할 때가 많다. 그분은 그렇게 열심히 예배하거나 기도하는 사람도 아니다. 그는 어려운 이웃을 보면 깊이 고민하거나 특별한 생각하지도 않는다. 그냥 찾아가서 그 어려움을 함께 가슴으로 품고 함께 나눈다. 아무리 봐도 그의 이러한 삶은 하루 이틀 만에 된 것이 아니요 이제는 아주 자연스런 그들의 일상이 된 것 같다.

요즈음은 자기 홍보의 시대이다. 자기의 활동이나 이름을 알리기 위해 투자하는 세상이다.

그러나 자기의 공적이나 이름 알리는 것을 오히려 부끄럽게 생각하며 겸손해하는 분들도 많다. 우리 사회는 이렇게 훌륭한 무명의 용사들이 많아서 서로 의지하고 행복을 나누며 살아가는 것 같다. 이 분들이 바로 빛이고 소금이다. 자기 자신을 태우고 희생하며 살아가는 캄캄한 이 세상의 빛과 소금이다.

이 사람을 보면 예수님이 생각난다.

이 위기의 때에

2020년1월 코로나19가 발생하던 때만 해도 늦어도 일 년 정도면 끝나겠지 했다. 그러나 이 코로나19는 그동안 생각지도 않은 또 다른 오미크론 등 변이 코로나가 계속 발생하면서 삼 년째 겪고 있는 중이다. 이제는 사람을 만나는 것이 마치 병을 옮기는 것처럼 매우 조심스러운 일상이 되었고 국내건 해외이건 아주 특별한 일이 아니면 돌아다녀서는 안 될 분위기가 되었다. 사람들의 하루하루가 두려움과 혼란과 불안함 속에 사는 것 같다.

앞으로는 또 어떤 세상이 올까? 어떤 의사들은 앞으로 코로나19보다 더 강력한 질병이 언제 어디서 또 터질지 모른다고 매우 걱정을 한다. 코로나19가 발생한 지 2년 3개월 만에 우리나라의 사망자 수는 7천7백여 명, 전 세계의 사망자수는 6백여 만 명에 이른다고 하니 이게 말세적인 재앙이 아니고 무엇인가. 오늘 뉴스에 보니 우리나라도 코로나 확진자들이 너무 많아서 병원에서 수용하기에도 한계에 이르렀다고 하며 화장장 시설이 부족해서 장례식을 치르는 데 5일 이상 걸린다고 한다. 이 얼마나 황당하고 혼란스러운 세상인가, 이 정도면 거의 저주가 아닌가?

요즈음은 이 세상의 끝이 얼마 남지 않은 것 같다는 생각을 자주 하게 된다. 코로나19 같은 갑작스런 질병과 자연 재해 그리고 우상과 거짓 더욱 더 간교해지고 사악해진 세상을 볼 때마다 그런 생각을 하게 된다. 때로는 어서 속히 주님 다시 오셨으면 좋겠다는 마음일 때도 많다. 이런 마음이 비단 나뿐 아닐 것이다. 정말로 나도 모르게 주여 온 세상 땅 끝까지 속히 하나님의 복음이 전해지고 구원이 이루어지기를 원합니다. 기도할 때가 더해진다.

코로나19로 아직 교회 예배도 교회 활동도 정상을 회복하지 못한 채 어느덧 3년을 지나고 있으며 국가 사회도 우리의 일상생활에도 많은 어려움을 겪고 있다. 어느 시대인들 위기와 위험이 없었겠는가? 지금은 온 인류가 엎드려 하나님의 긍휼을 구할 때이다. 어린이부터 어른에 이르기까지 엎드려 하나님의 얼굴을 구할 때이다.

여호와의 말씀에 너희는 이제라도 금식하며 울며 애통하고 마음을 다하여 내게로 돌아오라 하셨나니, 너희는 옷을 찢지 말고 마음을 찢고 너희 하나님 여호와께로 돌아올찌어다 그는 은혜로우시며 자비로우시며 노하기를 더디 하시며 인애가 크시사 뜻을 돌이켜 재앙을 내리지 아니하시나니
(요엘 2장 12~13절. 개역한글. 성경전서. 대한성서공회)

이야기 3

우리가 누리고 산 것은

우리가 누리고 산 것은

　너무 당연한 이야기지만 인간은 누구든지 자기 스스로 태어나지 못한다.

　부모님이 계시고 또 부모님은 그 위의 부모님이 계셨다. 오늘 우리가 존재하기까지 조상 대대로 수많은 역사가 있었다. 오늘 내가 존재하기까지도 조상 대대로부터 우리 부모님 시대까지 고난의 역사를 지키고 살아오신 우리 선조들이 있었기 때문이다. 우리 선조들이 그 험한 굴곡의 역사들을 견디고 극복할 수 있었던 것은 이웃 사촌이란 말이 있듯이 모든 희로애락 생사고락을 항상 함께해 온 이웃이 있었기 때문이다. 우리나라의 이웃 사이는 거의 가족공동체와 다를 바 없는 특별한 의미를 가지고 있다.

　오늘날 우리가 이렇게나마 살고 있는 것은 바로 우리 부모님 세대들의 나라를 빼앗기고 전쟁을 겪어야 했던 그 처절한 역사를 알지 못하고서는 이해할 수 없다. 아직 나이 어린 청소년 세대들은 이런 이야기를 들으면 혹시라도 고전 같은 따분한 이야기라고 생각할지 모른다. 그러나 바로 우리 할아버지 아버지께서 온몸으로 견디며 살았던 피눈물의 일기장이다. 우리는 지금도 우리 선조들의 살아 숨 쉬는 심장 위에서 살고 있음을 결코 망각해서는 안 된다.

오늘날 우리가 결코 잊어서는 안 될 또 하나의 역사가 있다. 그것은 바로 100년 전 우리나라 조선이라는 이름도 잘 모른 채 오직 예수그리스도의 복음을 전하기 위해 몇 달씩 태평양 대서양을 건너온 선교사들의 순교적인 선교 역사이다. 미국 영국 호주 등 서양에서 온 선교사들은 우리나라에 도착하자마자 온갖 풍토병과 질병으로 치료도 약도 제대로 한번 써 보지 못하고 순교한 경우가 많았다.

그런 중에도 그 선교사들은 곳곳에 학교를 세우고 병원을 세우고 고아원 등 시설과 교회를 세우며 복음을 전파하였다. 이는 오늘날 우리나라가 선진국으로 발전하고 한국 교회가 대 부흥을 이루는 데 지대한 역할을 한 것이다. 우리민족은 그리스도인이든 비그리스도인이든 그 선교 역사를 기억하며 늘 감사한 마음으로 살아야 한다. 이제는 그동안 받은 이 피 같은 은혜들을 고통받는 이웃들과 나누며 함께 살아야 한다.

이것이 결코 잊을 수 없는 그 분들에 대한 감사와 은혜의 보답이 아닐까요.

구원을 이룬 사랑

하나님은 사랑이시다. 그 사랑은 나 같은 죄인도 심판하지 않으시고 구원해 주셨다.

2천 년 전 이미 나를 위해 독생자 예수를 십자가의 자리에까지 내어 주셨다. 죄인을 심판하실 분이 도리어 죄인의 자리에 서서 심판을 받게 된 것이다. 나 같은 죄인을 대신하여 나의 모든 죄의 값을 치른 것이다. 그 대가로 죄인들은 심판의 형벌을 면하고 영생을 얻었고 하나님의 자녀가 될 수 있었다. 어찌 그리할 수 있을까?

사람에게 가장 큰 두려움은 무엇인가? 그것은 죽음이다. 언제 죽을지 모른 죽음이다.

이 죽음을 예수님께서 나 대신 십자가의 죽으심으로 감당해 주셨다. 죽음은 이 세상에서 아무리 사랑하는 부모도 부부도 형제일지라도 대신해 줄 수 없다.

참으로 하나님은 놀라우신 분이시다.

세상에 이런 신(God)도 있는가? 나의 상식으로는 감히 이해할 수 없다.

예수를 믿는 자에게는 죽음이 끝이 아니다. 영원한 천국이 기다리고 있기 때문이다.

구원 받은 사람들에겐 오히려 이 세상이 나그네요, 천국이 본향이다. 아무도 이 세상에서 영원히 살지 못 한다. 그러나 천국은 영원히 사는 나라이다. 어떻게 그럴 수 있는가? 그것은 하나님의 사랑이다.

어떤 큰 죄인도 하나님 앞에 회개하면 용서로 사랑을 베푸신다. 하나님께서는 나를 살리기 위해 죄를 모르는 독생자 예수까지도 십자가에 내어 주었다. 그 사랑으로 인류는 사망의 저주에서 영원한 생명으로 구원을 얻게 되었다.

참으로 하나님은 사랑이시오, 구원이시다.

사랑은 여기 있으니 우리가 하나님을 사랑한 것이 아니요 오직 하나님이 우리를 사랑하사 우리 죄를 위하여 화목제로 그 아들을 보내셨음이니라. 사랑하는 자들아 하나님이 이같이 우리를 사랑하셨은즉 우리도 서로 사랑하는 것이 마땅하도다

(요한1서 4장 10~11절. 개역한글판. 신양성경. 대한성서공회)

자비의 손길 비데

불과 몇십 년 전 농사짓고 살던 시골집 화장실은 마당을 지나 외부 한쪽 구석에 별도로 만들어진 친자연 환경 그대로였다. 그 화장실 구조는 땅을 파서 그 안에 큰 고무통을 놓고 그 위에 걸쳐 놓은 나무에 쪼그려 앉아 볼일을 보는 그야말로 완전한 개방형 변소였다. 당시 시골에서는 그 변소에서 가끔 재밌는 일이 벌어지기도 했는데, 그 변소에서 일보다가 그만 사람이 통에 빠진 일이었다. 글쎄 당시에는 요즈음 같은 비누 등 세제용품이 별로 없어 잘 씻지 못해 그 냄새가 한 달간은 지속될 정도였다. 그때를 상상하면 지금도 웃음이 나온다.

그러나 이제는 〈화장실 문화〉라는 말이 있을 정도로 위생과 청결은 물론이고 세련되고 자동화된 구조와 깔끔한 인테리어는 거의 나홀로 휴식처 공간이라 할 만큼 발전되었다. 흔히들 화장실 수준이 그 지역사회의 문화 수준이라고 한다. 21세기 산업혁명시대를 살아가는 이 시대에 걸맞게 화장실 시설의 고급화는 그야말로 혁명적인 발전이라 아니할 수 없다. 우리나라 어디든지 대부분의 관공서나

그리하면 살리라

공공시설에는 위생적으로나 시설면으로나 매우 편리하고 쾌적한 화장실로 잘 꾸며져 있다.

그중에도 특히 화장실 변기 기능을 한 차원 올려 설치한 비데를 빼놓을 수 없다. 비데만큼 위생적으로 깔끔하게 개운하게 처리해 주는 친절한 서비스는 그야말로 발전된 화장실 문화의 체험 현장이라 해도 과언은 아닐 것이다. 어느 사람이 그 수많은 사람들에게 그렇게 친절하게 세심하게 잘할 수 있을까? 그 섬세함은 거의 감동 수준이다. 부위마다 스스로 이동해 가면서 개운할 때까지 깔끔하게 씻어 준다. 그리고 따뜻한 바람 시원한 바람으로 잘 건조해 준다. 어느 날은 일을 끝내고 일어나는 순간 갑자기 변기 안에 물이 콸콸 내려가서 깜짝 놀랐다. 내가 무엇을 잘못했나? 살펴보니 이제는 물 내리는 버튼을 누르지 않아도 그 자리에서 일어나면 자동으로 물이 내려가는 최신 시설이었던 것이다.

아무리 자동 시스템이라지만 어느 누가 그렇게까지 깨끗하게 정성껏 잘 보살펴 줄 수 있을까? 거의 자비의 손길 수준이다. 정말이지 기계의 편리함과 친절함이 인간의 일상생활 어디까지 파고 들어올지 더욱 흥미로운 기대가 된다. 살아갈수록 최첨단 자동 시스템 시대의 발전된 편리함과 서비스 매력에 빠져들고 있는가 하면, 반면에 이웃 간에 따뜻한 정을 나누고 보살펴주던 인간적인 모습들이 점점 멀어지고 있는 것 같아 아쉽다.

앞으로는 볼 일을 보고 나면 바지도 올려 입혀 주는 비데가 나올지 모르겠다.

설명할 수 없는 사랑

사랑만큼 진한 향기가 있을까요?
사랑만큼 눈부신 꽃이 있을까요?
사랑만큼 넓은 하늘이 있을까요?
사랑만큼 뜨거운 불꽃이 있을까요?
사랑만큼 용감한 용사가 있을까요?

그러나 그 사랑이 식어지면 곧장 차디찬 얼음판이 되곤 하지요.
때로는 안타깝게도 이것이 인간의 사랑입니다.

하루만 안 보아도 못살 것 같던 사랑꾼들이 때로는 왜 갈등하고
미워하고 심지어는 원수가 될까요? 눈에 넣어도 아프지 않을 어린
자식까지 버리고 어떻게 이혼까지 할 수 있을까요. 이런 상황을 어
떻게 설명할 수 있을까요? 한때나마 그렇게 사랑했던 사람들이 어
떻게 저렇게까지 할 수 있을까 서글퍼지기도 하다.

성경전서 요한복음 3장 16절에 "하나님이 세상을 이처럼 사랑하
사…"라는 말씀이 있다.

이 구절 중 "이처럼"이란 말씀은 하나님께서, 범죄로 인하여 영원히 심판을 받아야 할 죄인들을 구원하기 위하여 독생자 예수그리스도를 십자가에 못 박혀 피 흘려 죽기까지 내어주신 하나님의 끝없는 사랑이라 할 수 있을 것이다.

인간의 사랑은 자기가 좋아하는 어떤 조건들 즉 외모 성품 물질 명예나 세상적 배경 때문에 사랑할 수 있지만 하나님의 사랑은 죄악으로 사망에 이르는 사람들을 불쌍히 여겨 대속의 대가를 치르시고 죄인들을 구원하신 하나님의 사랑이다.

하나님의 사랑은 인간의 철학이나 이성이나 어떤 문학이나 예술로나 세상의 어떤 논리로 설명하기란 쉽지 않다. 참으로 하나님 사랑의 끝이 어디인가를 계속 질문하게 되지만 대답을 찾기란 어려울 듯하다. 마치 인간의 눈으로 우주를 다 헤아릴 수 없듯이 말이다.

신약성경 사랑장이라 부른 고린도전서 13장 4절 중에도 "사랑은 오래 참고…"로 시작하여 7절에 "사랑은 모든 것을 참으며… 모든 것을 견디느니라"고 말씀하신다. 이 구절에서 "오래"라는 말씀과 "모든 것을"이란 말씀에서 하나님께서 원하시고 바라는 사랑이 어떤 사랑인지 생각하게 한다.

사랑은 그저 황홀하고 환상적이고 감동적인 인간의 어떤 노래로도 다 할 수 없다. 사랑은 끝없이 희생하고 피 흘리기까지 용서하고 인내하며 때로는 상대의 칼날 같은 날카로운 가시도 품고 인내해야 하는 고통과 눈물의 현장일 수도 있다.

때로는 사랑은 너무 냉정하여 나를 사랑하려면 너 목숨을 가져오라는 명령이 되기도 한다.

나 같은 사람은 함부로 사랑이란 말을 하기도 송구스럽다.

돈에 대하여

이 세상에 태어나서 한평생 행복하게 산다는 것은 어떤 삶일까?

어떻게 하면 이만하면 됐다고 이만하면 크게 후회 없이 살았다고 말할 수 있을까?

사람들은 각자의 추구하는 삶의 철학이나 이상 또는 특별한 목적과 가치관이 있을 것이다. 이러한 자기의 이상과 꿈이 성취되었을 때 사람들은 만족감을 얻고 성공감을 느낄 것이다.

지금 세상이 물질적 부요함을 추구하는 시대라서 그런지 어느덧 사람들 의식 중에도 경제적 풍요로움이 곧 잘사는 삶이요, 성공적인 삶으로 인식하는 사회가 되지 않았나 싶다. 물론 일반 서민들의 대부분은 아주 평범한 생활을 유지하며 살기에도 날이 갈수록 힘들어지니 돈 물질에 대한 필요함을 더욱 더 절실하게 느끼는 것 같다. 이미 우리가 사는 자유 자본주의 국가 사회는 경제력이 큰 재벌이나 기업들이 국가나 사회에서 주요한 역할을 감당하기도 하고 온 국민들의 일상생활에도 막대한 영향력을 끼치기도 한다. 국제사회에서도 국가의 능력과 힘은 그 국가의 경제력과 밀접한 관계를 갖게 된 시대가 되었다. 이제는 경제력이 곧 국력이고 국가의 수준을 결정하는 중요한 요소가 되었다. 가정도 개인도 잘 사는 기준이 바로 경제력이 아닌가 싶다.

이 세상은 돈으로 말한다 할 정도로 돈은 거의 종교적 경지에 이른 것 같다. 이 마지막 시대에 물질(돈) 문제는 점점 더 큰 관심이 되고 있음은 부인하지 못할 것 같다. 그럼에도 불구하고 돈은 일상생활에 기본적으로 꼭 필요한 필수 도구이지만 그러나 돈에 대한 욕심이 지나치면 삶의 전반에 갈등과 시험이 될 수도 있고 심할 경우 가족 간에도 이웃 간에도 사회적으로도 여러 문제를 일으킬 수 있다. 우리는 주변에서 이런 경우를 점점 자주 쉽게 보기도 한다. 그렇다. 돈은 두 얼굴을 가진 천사와 악마와도 같다. 돈은 축복이 되기도 하고 위험이 되기도 한다. 이것이 돈의 속성이기도 하다.

돈이 있으면 죽어 가는 사람도 살릴 수 있고 돈이 없으면 산 사람도 죽을 수 있다는 세상이다. 그래서 하나님 앞에서 교회에서 가정에서 항상 균형과 절제의 삶이 필요하다. 성경말씀에 "돈을 사랑하지 말라"고 경고하셨다. 성경은 "사랑"이라는 단어를 매우 강하게 반복하여 말씀하셨다. 사랑은 예수그리스도의 본질이요, 핵심이요, 속성이라 할 수 있을 것이다. 하나님은 사랑하라 사랑하라 강조하셨지만 그런데 사랑하지 말라고 말씀하신 경우가 있다. 그것은 돈

에 관련한 말씀이다. 돈의 속성과 사랑의 속성을 잘 아시기 때문에
특별히 경고하시는 말씀이라고 생각된다.

인간이 살아가는 데 필요한 모든 환경과 필요들은 하나님으로부
터 공급된 것이다. 우리의 생명도 시간도 모든 자연 환경도 하나님
께로부터 온 것이다. 이렇게 하나님께서는 마음껏 사용하고 살 수
있도록 허락하셨지만 때로는 하나님의 뜻과는 반대로 사용하기도
한다. 돈은 생활에 필요한 도구이지 목적은 아니다. 매우 중요한 문
제라고 생각한다. 우리는 영원한 하나님의 나라 천국에서 하나님과
살아갈 천국 백성이 아닌가?

위기의 때를 기회로

오늘 하루도 많이 힘들고 지치셨지요? 바쁘면 바빠서 피곤하지만 한가하면 한가해서 힘듭니다. 늘 시간에 쫓기고 일에 쫓기고 온몸이 녹초가 되도록 정신없이 살아왔습니다. 그러나 아직도 뒤를 돌아보면 늘 그 자리요, 앞을 보면 더 높은 태산이 버티고 있습니다. 살아갈수록 단순하게 정리가 돼야 하는데 왠지 더 복잡해진 것 같습니다. 날마다 믿음으로 살려고 애쓰지만 삶의 현장은 그리 만만치 않습니다.

2020년 1월부터 전 세계에 충격을 주었던 코로나19는 이러다가 곧 끝날 줄 알았지만 온 세상을 비웃기라도 하듯 불안과 혼란 속에서 3년차 진행되고 있고 오히려 더 다양한 변이 바이러스가 발생하고 있습니다. 요즈음은 우리나라만 해도 이미 1천만 명이 감염이 되었다고 합니다. 어떤 의료 전문가들은 지금 세계적으로 예방 접종이 시작되었지만 그럼에도 불구하고 앞으로 수년 내 끝나지 못하고 어쩌면 계속 코로나와 함께 살아야 할지 모른다는 진단을 내놓기도 합니다.

코로나19가 발생할 그때부터 국가 사회의 거의 모든 집회와 관련된 행사나 활동은 중단되었습니다. 이에 모든 교회에서도 예배를 비롯한 모임과 대부분의 활동은 제한되었고 그 대신 유튜브나 줌(ZOOM) 등 비대면의 다소 생소한 방식으로 예배를 드리며 혼란의 시간들을 보내고 있습니다. 그러나 불안하고 혼란한 이 시대를 어떻게 믿음을 지키고 살아갈 것인가? 이번 기회를 통해 지금까지의 편하고 자유로웠던 신앙생활을 돌아보며 나름 성찰과 회개의 의미 있는 기회도 되었다고 봅니다.

코로나19가 오히려 온 세계에 복음을 전파할 수 있는 기회가 되었으면 합니다.

코로나19로 자연과 환경이 본래의 모습을 찾았으면 좋겠습니다.

코로나19로 우리의 심령이 더욱 가난하고 애통하는 기회가 되기를 원합니다.

코로나19로 슬기로운 다섯 처녀처럼 항상 깨어 주님 맞을 준비를 다하기 원합니다.

물질과 신앙

　최근 들어 다음 시대의 주인공인 젊은이들 중에는 경제적인 문제 직장문제 주택문제 등 미래에 대한 불안감 때문에 심지어 자기 인생 일대의 가장 중요하다고 할 수 있는 결혼마저도 기피하고 있다고 하니 참 말문이 막힌다. 우리 조상 대대로 선하고 정 많고 순박한 사람들이 오손도손 이웃으로 모여 소박하게 살았던 때가 바로 우리 부모세대요, 우리가 살았던 시대인데 우리 사회가 언제부터 이렇게 각박하고 치열한 생존경쟁의 세상이 되었는지.

　이 시대는 물질만능 시대라고 해도 과언은 아닐 것이다. 우리가 살아가는 이 사회에서 생활을 유지하려면 물질(돈)이 필요하다. 생활에 필요한 모든 식량이나 의복이나 주택 생필품이나 생활비 등 모든 일상의 필요들은 돈이 있어야 해결할 수 있다. 돈은 일상생활을 해결하고 유지하는 데 기본이요, 절대적인 생활 수단이다. 이제 돈은 일상생활의 기본적인 필요를 넘어 마음껏 즐기고 누리고 싶은 욕구의 대상이 되었다. 그래서 돈을 인생의 목표로 살아가는 사람들이 많음을 부정할 수 없다. 경제력이 행복과 불행의 기준이 되는 세상이 되었다. 돈만큼 살고 누리고자 하는 세상이 아니라 누리고 싶은 만큼 돈을 원하고 탐하는 세상이 아닌가 싶다.

그러나 이 시대를 아무리 물질만능의 시대라고 하지만 결단코 돈으로 할 수 없는 일, 돈으로 불가능한 일이 있다. 저 아름다운 우주 세계나 자연이나 계절은 돈으로 어떻게 할 수가 없다. 돈으로 사람이나 인격이나 사랑이나 도덕이나 윤리나 자연법칙을 만들 수가 없다. 믿음이나 구원이나 소명도 결코 돈으로 할 수가 없다.

돈은 살아가는데 또한 삶을 풍요롭게 하는 데 꼭 필요하지만 그러나 너무 물질을 위해 살다 보면 정작 소중하게 간직해야 할 고귀하고 소중한 것을 잃을 수도 있다. 물질이란 윤택하고 풍요로운 삶을 주기도 하지만 한편으로는 돈으로 인한 문제도 심각할 정도로 많다. 돈 때문에 벌어진 살인사건 **일부** 국가지도자들의 부정과 부패 **일부 종교인들의** 타락 등 헤아리기 어려울 정도이다. 이미 돈은 사람들의 환심을 사는 도구가 되었고 사람들의 사랑까지도 살 수 있다는 세상이다. 돈이 세상을 지배하는 시대가 된 것 같다.

믿음으로 살고자 하는 그리스도인들에게도 많은 도전과 시험이 되기도 한다.
예수님은 가는 곳마다 병든 자들을 고치시고 복음을 전하시고 구원을 베풀어 주셨다.

아무리 말세라고 하지만 물질이, 거룩하고 순결한 가정과 교회까지 지배하지 않았으면 좋겠다.

당신의 이름은

우리는 사람을 찾을 때 그 이름을 부른다. 우리는 누군가의 이름을 부를 때 그 사람이 보고 싶기도 하고 눈물이 나기도 한다. 사람마다 이름을 가지고 있다. 그 이름이 곧 그 사람의 얼굴이 되어 이웃과 온 세상에 알려지게 된다. 즉 그 이름은 그 사람의 존재와 정체성을 나타낸다. 그 이름은 국가 민족 인종 남녀 차별이나 구별이 없이 사용되며 시간도 공간도 초월하여 존재한다. 혹시 온 세계에서 수많은 사람들이 다 한곳에 운집해 있을지라도 그 사람을 찾으려면 그 사람의 이름을 부르면 된다. 내 이름을 부름이 곧 나의 부름이며 그 이름 세 글자가 언제 어디서나 내 인생을 대신한다.

그 이름은 영원토록 나를 나타내고 대변하고 내가 세상을 떠난 뒤에도 그 이름은 세상에 남아서 나와 관련한 모든 일에 나서기도 한다. 오늘도 내 이름은 내 자신도 알게 모르게 수많은 곳에서 불려지고 사용될 수 있다. 그것은 내 주위에서 나를 알고 있는 가족이나 친구 이웃 같은 지인들도 있고 또한 국가 행정기관이나 직장 단체 등에 이름이 존재하고 있기 때문이다.

그리하면 살리라

성경 말씀에 "그러나 귀신들이 너희에게 항복하는 것으로 기뻐하지 말고 너희 이름이 하늘에 기록된 것으로 기뻐하라 하시니라"(누가복음 10장 20절) 라는 말씀이 있다. 자기 이름은 하늘나라 생명책에 기록된 것으로 기뻐하라는 것이다. 자기 이름이 영원한 하나님의 생명책에 기록되어 있다니 얼마나 놀랍고 감격적인 말씀인가? 이보다 더 큰 축복이 있겠는가?

가장 사랑하는 사람, 가장 보고 싶은 사람, 가장 존경스러운 사람들이 서로의 이름을 부를 때 얼마나 반갑고 기쁘고 사랑스러운가. 사람들은 혼란하고 불안하고 어려움이 많은 이 세상을 살아가면서도 이왕이면 아름답고 선한 좋은 모습으로 남기 위해 힘써 살아간다. 한평생 함께 살았던 이웃 사람들에게 또 후손들에게 훌륭한 업적은 아닐지라도 부끄러운 이름을 남기지 않기 위해서라도 성실하게 살아가고 있다.

오늘도 우리 집 우편통에는 미국 유럽 아프리카 아시아 등 지구 끝에서 또 제주도 경기도 같은 먼 곳에서도 내 이름을 따라 이곳까지 찾아 왔다. 오늘도 우리는 어려울 때나 기쁠 때나 수시로 예수그리스도 그 이름을 부르며 살아간다. 예수 그 이름은 능력이요, 복음이요 구원이다.

이제야 안부를

아주 오래전 까마득 잊고 살았던 사연들이 새삼스럽게 그립도록 생각날 때가 있다.

항상 내 손안에 있지만 쥘 수도 잡히지도 않는 바람 같은 시간들이 이제야 아름다운 추억을 만들어 내 마음속 한켠에 자리를 잡는다. 그동안 어디서 어떻게 지냈는지? 6·25 전쟁 피난 시절부터 칠십 년이 넘도록 까마득 잊고 살았던 지난 세월이 그 언제인데 이제야 새삼스럽게 찾아와 어쩌자고 자꾸 눈앞에서 서성거린다.

저 산 넘어 저 바다 넘어 큰 세상을 알 길 없었던 이 촌놈에게 만만치 않은 세상 구석구석까지 보여주며 세상의 냉정함을 가르쳐 주던 그 세월이 눈앞에 아른거린다. 그때는 갈 바를 알지 못했지. 이제서야 나이가 들어서인지 철이 들어서인지 아슬아슬하게 살아온 지난 세월을 뒤돌아 볼 때가 더러 있다.

참으로 이 세상에서 잘살든 못살든 자기를 위해 살든 이웃을 위해 살든 돈을 번 사람이든 돈을 쓰는 사람이든 모두가 얼마나 대단한

그리하면 살리라

사람들인지 말로 다할 수 없다. 모두가 이 냉정한 세상에서 지금까지 자기를 지키고 가정을 지키고 나라를 지키고 나름대로 이 시대의 한 역사를 이루어 가고 있는 위대한 주인공들이다.

지금까지 비바람 몰아치던 여름날에도 매섭게 눈발 날리던 추운 겨울에도 서로 뜨거운 체온을 나누고 보듬고 함께 달려온 우리 이웃들의 그 고맙고 감사한 시간들이 절절히 깨달아온다. 지난 오랜 세월 동안 이런 저런 핑계로 찾아뵙지 못한 한분 한분이 참으로 소중하게 생각난다. 때로는 가족처럼 때로는 이웃사촌처럼 때로는 사랑하는 연인처럼 살았던 그분들 덕분에 오늘 내가 이렇게 살고 있다는 소식이라도 꼭 전하고 싶다.

죄송합니다. 이제야 안부를 드립니다.

목숨을 바쳤습니다

어떤 이는 독립을 위해 목숨을 바쳤습니다.

어떤 이는 민주주의를 위해 목숨을 바쳤습니다.

어떤 이는 종교를 위해 목숨을 바쳤습니다.

어떤 이는 권력을 위해 목숨을 바쳤습니다.

어떤 이는 나라를 위해 목숨을 바쳤습니다.

어떤 이는 정의를 위해 목숨을 바쳤습니다.

어떤 이는 사랑을 위해 목숨을 바쳤습니다.

어떤 이는 돈을 벌기 위해 목숨을 바쳤습니다.

어떤 이는 약속을 지키기 위해 목숨을 바쳤습니다.

어떤 이는 성공을 위해 목숨을 바쳤습니다.

어떤 이는 선교를 위해 목숨을 바쳤습니다.

어떤 이는 친구를 위해 목숨을 바쳤습니다.

어떤 이는 위험한 사람을 구하기 위해 목숨을 바쳤습니다.

사랑은 목숨까지도 바치게 합니다.

사람이 친구를 위하여 자기 목숨을 버리면 이에서 더 큰 사랑이 없나니
(요한복음 15장 13절. 개역한글. 성경전서. 대한성서공회)

나는 아직도

주님은 나 같은 죄인을 위해 사셨습니다.

나는 나를 위해 살았습니다.

주님은 원수도 사랑하라고 하셨습니다.

나는 이웃도 품지 못하고 살았습니다.

주님은 소외된 자들 병든 자들을 불쌍히 여기며 사셨습니다.

나는 형제까지도 불쌍히 여기지 못했습니다.

주님은 온 세상 땅끝까지 복음을 전하라고 하셨습니다.

나는 우리 이웃에게도 복음을 전하지 못했습니다.

하나님의 일조차도 내 욕심 내 힘으로 하려고 했습니다.

예수님의 권세와 능력으로 사명 감당하기 원합니다.

주님 불쌍히 여겨 주옵소서.

만일 누구든지 무엇을 아는 줄로 생각하면 아직도 마땅히 알 것을 알지

못하는 것이요

(고린도전서 8장 2절. 개역한글. 성경전서. 대한성서공회)

그리하면 살리라

팬클럽의 열정

인기 연예인이나 운동선수 중에는 그들을 좋아하고 응원하는 사람들의 모임인 팬클럽이 있다.

그들은 단순히 좋아하는 정도의 수준이 아닌 그들의 공연장이나 운동 경기 현장을 직접 찾아다니며 매우 열정적이고 적극적인 응원을 보내기도 한다. 가끔은 팬클럽 회원들이 특별한 모임을 주최하여 교제도 하고 소통하고 격려도 하며 큰 힘이 되어 준다. 이러한 팬클럽의 활동 사항을 TV 매스컴을 통해 볼 때가 있다. 그럴 때마다 나는 내가 좋아하고 사랑하고 존경하는 분들에 대하여 얼마나 내 열정을 다하여 환호하고 응원하고 격려해 본 적이 있는가 되돌아보기도 한다.

아무리 인기 있는 가수나 탤런트, 영화배우라도 어느 특정한 지역이나 특별한 사람들만을 위하여 활동하지 않는 것은 당연하다. 대부분은 지역이나 공간을 초원한 대중을 위하여 활동하기 마련이다. 그처럼 아무리 자기를 위해 활동한 팬클럽이 있다 해도 그 팬클럽 회원들만을 위해 활동하지 않는다. 그럼에도 그 팬들은 그들을 좋아하고 적극적으로 참여한다. 대단한 열정이다.

그 팬클럽 회원들은 노래나 명연기로 국민들의 사랑을 받는 가수나 탤런트, 영화배우, 운동선수 등을 보는 것만으로 끝나지 않는다. 그들이 계속 활동을 더 잘할 수 있도록 직접 찾아가서 선물도 하고 사진도 찍고 필요들을 도와주며 그들과 함께 한다. 그들의 열정적인 활동을 볼 때마다 아무리 자기가 좋아하고 관심 있는 스타라지만 어떻게 저렇게까지 할 수 있을까? 신기하기까지 한다.

나도 어떤 일에 그렇게 뜨거운 열정과 온몸으로 열광해 본 적이 있는가?

마음 열기- 대화

이 어려운 세상을 살아가면서 늘 좋은 일 기쁜 일만 있으면 얼마나 좋을까요? 그런데 살다 보면 우울하고 힘들 때도 내 힘으로 감당하기 어려운 일도 종종 있습니다. 그럴 때면 이 일을 어떻게 해야 할지 어떻게 해결해야 할지 암담한 시간들을 보낼 때도 있겠지요.

그래도 이렇게 어렵고 힘든 일을 당할 때에 세상에서 가장 사랑하는 부모님이나 남편이나 아내나 또는 형제들이나 만만한 친구들이 있어 깊은 속사정까지도 다 털어 놓고 얘기할 수 있다면 얼마나 큰 위로가 되고 힘이 될까요? 그는 어떤 위기와 어려움도 잘 극복하고 살아갈 수 있을 것입니다. 그러나 함께 살아가면서 같이 겪게 된 문제임에도 함께 대화는커녕 서로에게 잘잘못만 따지고 다툰다면 문제 해결은 고사하고 서로에게 아픈 상처만 남게 될 것입니다.

평소에 부부를 중심한 온 가족이 무슨 일이든지 언제든지 자유롭게 편하게 대화할 수 있는 마음과 분위기가 돼 있는 가정이라면 대단히 건강하고 행복한 가정이라고 할 수 있을 것입니다. 개인이든

가정이든 사회이든 관계의 첫 시작은 대화입니다. 행복의 첫 걸음
도 대화부터입니다. 친구와의 만남도 대화부터입니다. 사랑의 시작
도 따뜻한 이야기로부터 시작됩니다.

대화는 처음 만난 사람 앞에서 자기 자신을 보여 주는 첫 인사요,
많은 사람들의 마음을 이어주는 이음줄이요, 설명서입니다. 또한
대화는 이리저리 얽히고설킨 문제를 풀어주는 만능 Key요, 아픈 상
처를 치료해 주고 외로움을 달래 주는 최고의 특효약입니다.

어색하고 서먹한 사이를 풀어주는 데 가벼운 대화만큼 좋은 방법
은 없습니다. 요즈음은 복잡한 도시의 번화가나 시골 조용하고 한
적한 곳이나 어디를 가도 차 한잔 마실 수 있는 Cafe가 있습니다. 그
곳에서 따뜻한 차를 나누며 정답게 이야기를 나누는 모습은 지나가
면서 보는 이들의 마음까지 정겨움을 느끼게 합니다.

대화만큼 가까운 친구로 만들어 주는 약도 없을 것입니다. 대화만
큼 오해를 잘 풀어 주는 요술은 없을 것입니다. 미움을 사랑으로 원
수를 친구로 만들어 주는 요술이기도 합니다. 대화에 사랑을 더하고
진심을 더한다면 이는 세상의 최고의 친구요, 그대가 될 것입니다.

내 시간의 의미

사람이면 그 누구에게나 가장 공평하게 주어지는 것 중에 하나는 시간일 것이다.

그러나 이 공평한 시간 속에서 사람에 따라 상황에 따라 얼마나 놀라운 일들이 다양하게 일어나는지 말로 다 할 수 없다. 똑같은 오늘 하루가 어떤 이에게는 기쁨과 축복의 시간이 되기도 하고 어떤 이에게는 슬픔과 고통의 시간이 되기도 한다. 어떤 이에게는 이 세상에 태어난 출생의 시간이 될 수 있고 어떤 이에게는 이 세상을 떠나는 이별의 시간이 될 수도 있을 것이다. 오늘 하루가 또 금년 한해가 나에게는 어떤 시간일까?

시간이란 오늘 갓 태어난 신생아나 청소년이나 어른이나 누구를 막론하고 가장 공정하게 주어진 선물이다. 사람들은 그 시간을 무엇으로 어떻게 사는가는 곧 그 사람의 삶이 되고 그 사람의 인생이 되기도 하고 그 사람이 남긴 역사가 되기도 한다.

누구에게나 시간은 공평하고 공정하게 주어지지만 사람마다 삶의 형편에 따라 금보다 귀한 시간일 수 있고 어떤 이에게는 자기의 욕심을 위해 사악한 일을 꾸미고 주위를 고통스럽게 하는 시간이 되기도 한다. 꼭 시간이 많이 주어진다고 크고 많은 일을 한 것도 아니고 시간이 적다고 적은 일을 한다고 단정할 수는 없다. 시간은 어떻게 활용하느냐가 핵심인 것 같다.

일분일초의 한 순간에도 운명적이고 역사적인 사건이 성공되기도 하고 실패하기도 한다. 어느 한 순간이 결정적인 찬스가 될 수도 있다. 어떤 사람은 단 몇 분간의 시간을 지체하다 살 수 있는 생명을 잃기도 하고 어떤 이는 단 1초의 순간을 피하여 결정적인 위기를 모면하기도 한다. 순간순간을 생명의 주인이신 하나님을 의지하고 감사하며 살자.

그리하면 살리라

부부, 아름다운 그대들이여

그것이 사랑이다. 그것이 진정한 사랑이다. 그래야만 사랑이라고 말할 수 있다.

만남의 축복이란 말이 있다. 인생에서 만남의 축복만큼 큰 복은 없을 것이다. 어떤 사람은 만남 그 자체만으로도 기쁘고 행복하고 축복이지만, 어떤 사람은 그렇지 못한 경우도 있다. 차라리 만나지 않았으면 좋았을 텐데 하며 후회하는 만남도 보게 된다. 참 안타까운 만남이 아닐 수 없다.

그렇게 수많은 만남 중에 특히 결혼을 위한 만남은 더 말할 필요가 없다. 인생으로 태어나 부모님과는 30여 년 정도 함께 살지만 결혼을 하게 되면 이보다 훨씬 더 오랜 세월을 부부로 살아야 한다. 결혼이 우리 인생에 있어 제2의 인생이라 할 수 있다. 어쩌면 결혼 이전의 삶은 결혼을 위한 준비기간일 수도 있다.

결혼이란 태어나고 성장하는 환경이나 과정이 서로 다른 사람이 만나 과연 어떤 삶을 살게 될까? 참으로 궁금하고 설레기도 하고 아름다운 꿈을 그려 보기도 한다. 그 둘만의 무한한 미래가 바로 결혼에서부터 시작된다고 할 수 있다. 그 결혼이 바로 한평생 정말 다정하고 든든한 친구 같은 삶이 될 수도 있고 날마다 애인처럼 불타는 사랑으로 뜨거운 인생을 살 수도 있다. 반면에 어떤 이는 서로 결혼은 했으나 차마 이혼도 못하고 지옥 같은 삶을 살기도 한다. 그래서 결혼은 누구를 만나느냐 어떤 사람을 만나느냐에 따라 천국일 수도 있고 지옥일 수도 있다.

그래서 이미 결혼도 해 보고 한 세대를 살아 본 사람으로서 앞으로 살아갈 사람들에게 감히 외친다. 나는 왜 그 사람과 꼭 결혼을 해야 하는지 그 사람과 결혼을 하지 않으면 안 될 이유를 깊이 생각해 볼 것을 강력히 외치는 바이다.

결혼은 연애와는 다르다. 물론 연애가 결혼으로 가는 준비적인 만남이라면 더할 바 없이 좋겠지만 일시적인 충동으로 만나서 경솔히 결정해서는 절대로 안 된다. 결혼 자체가 얼마나 성스러운 만남인가? 결혼은 당사자 둘만의 관계가 아니다. 내 부모 형제 그리고 가장 중요한 것은 결혼 후 태어날 자식의 문제이기도 하다. 이는 사회적인 문제와도 직결되기 때문이다. 얼마나 중요한 문제인지 천 번만 번 주장해도 무리가 아니다. 결혼은 하루 이틀 십 년 이십 년 살고 끝나는 문제가 아니다. 자기 인생이 끝나는 그 순간까지 함께 하는 삶이다.

그리하면 살리라

어찌 보면 결혼한다는 것은 평생 동안 서로의 다른 가치와 성품을 공유하며 때로는 인내하며 서로의 연약한 부분까지도 품고 살아가겠다는 의지의 고백이요, 약속이요, 선언이다. 한번 결혼했으면 평생을 서로에게 최선을 다하여 헌신적인 삶을 살아야 한다. 물론 광야 같은 세상에서 한평생 생사고락을 같이 하며 서로에게 위로와 힘이 될 때도 있지만 때로는 상대하기 싫을 만큼 미워질 때도 있다. 그때는 왜 결혼을 했을까? 깊은 회의감에 빠지기도 한다.

성경말씀에 사랑은 "오래 참고"라고 하셨고 "모든 것을 견디느니라"라고 말씀하셨다.

그 감미롭고 부드러운 사랑을 왜 그렇게 부담스럽고 무거운 언어로 말씀하셨을까?

그 "오래"가 얼마나 가나긴 세월인지? 그 "모든 것"이 얼마 만큼인지? 한계가 없는 말이다.

그것이 사랑이다. 그것이 진정한 사랑이다. 그래야만 사랑이라고 말할 수 있다.

사랑하는 것과 사랑을 이루는 것은 다를 수 있다. 사랑을 이루는 것은 때로는 피 흘리기까지 온갖 희생을 요구하기도 한다. 그래서 사랑의 속성을 한마디로 설명하기란 쉬운 주제가 아닌 것 같다.

부부란 사랑으로 이루어지긴 했지만 그 아름다운 사랑을 잘 가꾸어 꽃피우고 열매를 맺기까지 그렇게 만만치 않다는 것이다. 때로는 미움으로 때로는 사랑으로 때로는 눈물로 때로는 전쟁으로 때로는 뜨거운 용서로 때로는 친구로 때로는 서로에게 눈과 귀가 되어 생명 다할 때까지 서로 의지하고 사는 게 부부이다.

그리하면 살리라

포기의 은혜

이제는 자유롭고 싶다. 훨훨 어디론가 날아가고 싶다.

어린 시절 발가벗고 온종일 바닷가에서 놀던 때가 어제 같은데 어느덧 돌아갈 시간을 생각해야 하는 노년이 되었다, 그동안 평범한 한 사람으로 살아오면서 이 세상과 이웃에 큰 공로는 못 세워도 조금이라도 누를 끼치지 말자 다짐하며 나름 조심하고 애쓰며 살아왔다, 자식들 키우고 교육시키고 결혼시키고 나면 내 인생은 정리된 줄 알았는데 노년은 또 노년만의 삶이 있다.

다들 그런지 모르겠지만 나는 거울 앞에 내 얼굴을 마주하고 빤히 쳐다보는 게 너무 어색하고 쑥스러워 잘 보지 않았다. 그런데 어느 날 우연히 내 얼굴을 보니 한동안 내 자신을 잃어버린 것처럼 나는 없고 낯설은 어떤 검으스레한 주름진 얼굴 하얀 노인 머리에 매우 어색한 다른 사람을 보았다. 거울에서 뒤로 물러나 보기도 하고 더 가까이 얼굴을 바짝 붙어 보기도 하며 내가 언제부터 그렇게 변했는지 한참 동안이나 바라보았다. 참 측은해 보이는 당신은 누구세요! 눈물도 말라 버렸을 것 같은 노인에게 안부를 건네 본다.

요즈음은 자동차를 운전해 보면 그냥 안다. 이제는 기억력도 집중력도 허약해지고 순발력도 둔해지고 판단력도 희미해졌다. 젊어서는 생각지도 못했던 노인 증상들이 몸 어딘가에 숨어 있다가 늙은 이의 약점을 틈타 수시로 나타나곤 한다.

오랫동안 천국은 우리가 가야 할 고향이요, 신앙이기도 하지만 다시 그날을 위해 이 세상에서 어떻게 살아야 할까 멀고 먼 훗날 도래할 것만 같던 그 천국이 곧 현실화 될 시간임을 준비하는 시간이 되기도 한다. 아직까지 포기하지 못한 남은 세상의 미련들 내려놓으려고 안간힘을 써 가며 연습해 본다.

연습하면서 때로는 울기도 하고 엎드려 하나님 아버지께 소리쳐 항변해 보기도 하고 때로는 내 혼자 힘으로는 안 되니 성령님의 도움을 간구하며 억지로라도 나를 포기해 보려고 애를 쓴다. 요즈음 늙어서 그런지 몸이 좀 약해져서 그런지 내 자신이 좀 단순해진 느낌이다. 그래서 그런지 영적인 눈도 조금은 밝아진 것 같고 귀도 더 잘 들리는 것 같고 가끔 가슴이 뜨거워질 때도 있고 그래서인지 자꾸 통 큰 기도제목이 떠올라서 탈이다. 혹시 이러다가 내가 큰일을 저지를까 걱정스럽다.

포기란 정말로 쉽지 않은 과목임이 틀림없다. 그러나 포기할 때의 자유로움 또한 노년의 특별한 은혜인 것 같다.

아름다운 동역자

성경의 인물 중에서 복음의 역사 선교의 역사 성령의 역사를 말할 때 사도바울을 빼놓을 수 없을 것이다. 그는 이방민족들에게 십자가의 복음을 전하기 위해 그의 일생을 바쳤다. 사도바울이 그렇게 예수 그리스도의 소명을 다할 수 있었던 것은 그와 함께 자신의 모든 것을 다하여 아낌없이 희생하며 도와준 동역자들이 있었기 때문이다. 그 아름다운 동역자들 중에는 브리스가와 아굴라라는 부부도 있었다. 그들을 성경에서 이렇게 소개하고 있다.

"너희가 그리스도 예수 안에서 나의 동역자들인 브리스가와 아굴라에게 문안하라 저희는 내 목숨을 위하여 자기의 목이라도 내어놓았나니 나뿐 아니라 이방인의 모든 교회도 저희에게 감사하느니라"
(로마서 16장 3~4절. 개역한글. 성경전서. 대한성서공회)

사도바울은 그들을 향해 나를 위하여 자기들의 목숨까지 내어 주었다고 고백했다. 얼마나 감동적이고 아름다운 동역인가? 그들은 얼마나 예수를 뜨겁게 사랑하고 그 사랑과 복음을 위해 불태우며

그리하면 살리라

소명자의 삶을 함께 공감하며 함께 붙들고 살았을까 감히 상상해 보기도 한다. 또한 그들은 부부로 살아가면서 예수님에 대한 이야기 복음 전파에 대한 이야기 사도 바울에 대한 이야기로 밤을 새우며 또 얼마나 많은 눈물로 기도하며 살았을까 감히 상상해 본다.

이렇게 아름다운 부리스가와 아굴라 부부가 너무 존경스럽고 부러움으로 다가온다.

나는 나를 구원해 주신 예수그리스도께 어떤 동역자일까?

말씀을 제쳐 놓고

하나님의 말씀은 곧 하나님을 나타낸다. 하나님의 말씀은 교회와 신앙의 본질이요 핵심이다. 말씀과 기도는 사역이나 삶에서 앞뒤의 순서적 차원이 아니라 기본적이고 본질적 차원이다. "열두 사도가 제자들에게 불러 이르되 우리가 하나님의 말씀을 제쳐 놓고 공궤를 일삼는 것이 마땅치 아니하니" 신약전서 사도행전 6장 2절 말씀이다. 이 말씀은 사도행전의 초대교회가 일곱 집사를 선출하게 된 배경의 말씀이다. 열두 사도의 우선순위와 핵심 사역을 밝히는 말씀이기도 하다. 이렇게 초대교회는 성령과 지혜가 충만한 일곱 집사를 선택하여 교회 안에서 말씀과 기도하는 사역과 구제 사역 등 여러 사역들을 자신들의 소명에 따라 조화를 이루어 잘 섬김으로 교회가 더욱더 말씀이 왕성하게 되고 크게 부흥을 이루었다고 전하고 있다.

"말씀을 제쳐 놓고"라는 구절이 주의 깊게 다가온다. 이는 교회가 복음의 본질이요, 핵심인 말씀을 전하고 기도하는 일에 대하여 어떤 일로도 방해를 받거나 소홀히 해서는 안 된다는 뜻일 것이다. 이는 교회뿐 아니라 예수님의 보혈로 구원받은 성도들 역시도 항상 하나님의 말씀과 기도 안에서 교회의 여러 사역들을 은혜롭게 균형을 잘 유지해야 함을 교훈하신 말씀이라고 할 수 있다. 교회에서도 중직자를 세우기 전에 또는 직분자들에게 사역을 맡기기 전에 말씀과 기도는 물론 영성훈련을 받게 한 것도 이와 같은 맥락이라고 할 수 있을 것이다.

하나님의 말씀이 내 심장 속에 내 뼛속 깊이 살아 있지 않으면 온갖 시험과 유혹이 가득한 이 세상에서 믿음을 지키기란 쉬운 일이 아니다. 자기 믿음도 흔들리는데 하나님의 일을 어떻게 할 수 있겠는가? 때로는 우리 주위에도 신앙생활을 열심히 잘하는 성도 같은데 여러 가지 고난과 시험 당하는 경우를 가끔 보게 된다. 그때는 어떻게 그 갈등과 시험을 극복하겠는가? 그러므로 항상 말씀을 묵상하고 기도하며 하나님과 동행하는 삶을 살아야 한다. 지금 내가 하고 있는 사역도 잘 하고 있느냐 그렇지 않느냐를 평가하고 분별할 수 있는 기준도 역시 말씀이요, 기도가 우선이 돼야 한다.

그리스도인의 일상은 말씀 묵상 기도생활 그래서 복음을 전파하고 이웃을 돕고 사랑을 베푸는 일이다. 그럴 때 복음이 증거 되고 구원의 역사는 이루어질 것이다.

석아 자야

2022년 7월 폭염으로 엄청 무더운 여름 코로나19 확진자가 다시 늘어나지만 우리는 50여 년 만에 서울 노량진에서 만났다. 참 너무 오랜만의 만남이었다. 만나면서도 그동안 우리가 무슨 대단한 일 한다고 이렇게 한 번 만나지 못했을까? 너무나 때늦은 만남에 안타깝고 아쉬운 마음이었다. 물론 그동안 주위의 사람들을 통해 그저 잘 살고 있다는 서로의 안부 정도는 알고 있었지만 우리가 그렇게 주변 사람들을 통해 서로의 근황을 알아볼 정도로 먼 사이도 아닌데 이 나이가 되도록 내가 참 무심했구나 너무 미안하고 아쉬운 마음이 컸다. 물론 자야부부는 3년 전 우리 집 결혼 행사 때 만나서 본 적이 있지만 석이는 정말 오랜만이다.

우리가 태어나고 우리 조상 대대로 함께 살아온 고향, 마을 뒷쪽으로는 어린 우리들은 감히 오르지 못할 만큼 높은 상산(上山)이 있었고 여름이면 그 산 중턱에 소를 몰고 가 풀어 높고 소들도 우리들도 온 산천을 지치도록 누비며 뛰어놀다가 서산에 해가 지면 다들 자기의 집을 찾아 들어갔지 마음 앞 남쪽으로는 눈만 뜨면 우리에게는 이 지구상 어떤 유명한 해양 공원 못지않은 은모래 해수욕장이 우리 동네 마당처럼 펼쳐 있었지 또 마을 동쪽으로 조금만 달려가면 태평양과 맞닿은 푸른 바다 아름답고 아름다운 서건이 해수욕장이 언제나 우리를 기다리고 있었지. 언제나 태양빛으로 눈부신 해수욕장에 바닷물이 저 멀리 한참이나 밀려날 때면 축구장 10배보다 훨씬 더 넓은 모래 바닷가에서 어른 주먹만 한 참조개, 개조개를 한 바구니씩 주워 오곤 했던 우리들의 천국, 아직은 세상에 때 묻지 않은 우리들의 고향 내모리(남열리)에서 태어나 함께 살았다.

우리 동네 한가운데는 우리가 태어나기 전부터 우리 마을의 축복인 남열교회가 세워져 있었지. 그 교회는 우리 마을에 예수님의 복음을 전하고 예배를 드리는 교회 본래의 활동 외에 처음엔 성경구락부 다음엔 성중학교라는 이름으로 교육사역을 하고 있었다. 마을에 초등학교를 졸업하였으나 인근에까지 상급학교가 없어서 진학하지 못한 몇십 명의 학생들이 여기에서 중학교 과정을 공부를 할 수 있었다. 이렇게 우리들은 자연스럽게 이 학교에서 만나 2년간을 함께 열심히 공부하며 미래의 새로운 세상을 꿈꾸며 노래도 부르고 이야기도 나누며 한 가족같이 지냈지. 그리고는 다들 뿔뿔이 헤어져 살았다.

그동안 광야 같은 세상에서 견디고 이기며 나름대로 잘 살아온 너희들이 너무 대견스럽고 자랑스럽다. 그동안 살아오면서 문득문득 생각날 때도 많았고 그리움도 많았지만 너무 오랜 세월을 만나지 못해서인지 조금은 조심스럽고 어색해서인지 선뜻 만나지 못했는데 이렇게 만나고 보니 뜻밖이다. 너희들도 이제 같이 늙어 가고 있구나. 이렇게 수십 년 만에 한자리에서 만나 보니 그동안의 수많은 생각들이 머리를 스친다.

석아 자야 우리가 하얀 머리가 되어서야 서울에서 만났다. 만나서 이름을 부르며 설레고 들뜬 마음을 달래느라 애썼다. 우리들의 어떤 이야기를 다 털어 놓아도 아무런 부담도 불편함도 없는 자유롭고 편안한 우리들인데 이렇게 오랜만에 만나다니 계속 아쉬웠다. 그러나 너희들이 이렇게 열심히 훌륭한 삶을 일구고 살아서 고맙고 기쁘고 하나님께 감사를 드린다.

만나고 나니 우리가 이제는 자주 만나는 것이 아니라 그 옛날처럼 함께 살 수 있다면 얼마나 좋겠나 싶었다. 너희들의 앞날에 한없는 사랑과 응원을 보내며 하나님께서 항상 지켜주시기를 기도한다.

2022. 7. 27. (수) 오후 서울 노량진역에서

그리하면 살리라

믿고 구하는 것은

기도의 또 하나의 의미는 내 모든 결정권을 하나님께 맡겨 드리는 것이다. 믿음의 사람들이 살아가는 방법이다. 기도는 믿음을 전제로 한다. 하나님께서 이루어주실 줄 믿는 믿음이다. 이 믿음으로 기도를 올려 드리는 것이다. 하나님께서 어떻게 결정하시든 그 결정에 전적으로 순종하겠다는 마음으로 기도하는 것이다.

왜 그런가? 하나님께서는 항상 가장 아름답게 선하게 응답해 주시기 때문이다.

그러나 기도하지만 내 모든 결정권을 하나님께 맡겨 드리는 것이 얼마나 어려운지 잘 알고 있다. 그래서 기도하고 또 기도해야 한다.

오늘도 기도합니다. 기도할 수밖에 없습니다.

이 세상 삶의 현장에서 하나님의 자녀로서 어떻게 살아야 하는지 가르쳐 주시고 인도해 주소서. 너무도 어지럽고 혼란하고 불안한 이 세상에서 성도로서 어떻게 소망과 기쁨을 나누며 살 수 있는지 가르쳐 주옵소서. 온갖 우상과 탐욕 거짓과 이기적으로 변해 가는 이 어두운 세상에서 생명 되신 예수의 빛 된 삶을 어떻게 따라 살수 있는지 가르쳐 주옵소서. 이 마지막 때 어떻게 하나님을 사랑하고 이웃을 사랑하며 살아야 하는지 가르쳐 주옵소서. 예수그리스도의 이름 붙들고 놓지 말아야 한다.

여호와 하나님, 예수님의 복음이 온 세계 모든 민족 마지막 한 영혼까지 속히 전파되어 하나님의 구원이 어서 속히 이루어지길 기도합니다. 때로는 언제 온 세상에 복음이 전해질까? 아득해 보이지만 그러나 하나님의 때가 되면 하나님께서 온 세상 곳곳에 하나님의 교회와 성도들을 세우시고 온 세계 모든 민족과 모든 백성 마지막 한 영혼까지 다 복음이 전파되리라 믿습니다. "내가 속히 오리라" 선포하시고 약속하신 그 말씀이 속히 이루어지기를 기도합니다.

혼란의 때에

2022년 러시아와 우크라이나의 전쟁은 주로 재래식 무기를 사용하고 있음에도 불구하고 인간의 살상 무기가 얼마나 위험하고 잔인한가를 전 세계가 심각한 시선으로 지켜보고 있다. 그런 대량 살상무기 중에는 재래식 무기를 제외하더라도 핵무기 미사일등을 비롯하여 화학 방사선 등 전 세계를 순식간에 초토화 할 수 있는 공포의 무기들이 지구 곳곳에 배치되어 있다고 한다.

지금도 많은 국가들은 마치 경쟁이라도 하듯 살상 무기를 대량 생산하고 비축하고 있다. 이는 어떻게 하면 경쟁 상대 국가를 힘으로 지배할 수 있을까? 적대 국가를 위협하며 숨통을 끊으려고 하고 있다. 이제는 살상 무기뿐 아니다. 얼마 전 미국이 중국을, 일본이 한국을 정치적 경제적인 보복성 제재를 가하기도 했다. 21세기를 인간중심의 문명의 시대라고 말하기가 무색할 정도로 선진국 간에 치열한 힘의 경쟁은 약소국가들에게까지 불안과 긴장을 초래하고 있는 이 시대이다.

우리나라는 지난 한 세대의 짧은 기간 중에도 정치 경제 교육 의료 등 여러 분야에서 선진국 수준의 비약적인 발전을 이루었다. 우리 부모 세대가 살던 사회와 지금의 우리는 불과 몇십 년 만에 거의 다른 세상이라 할 만큼 발전되고 풍요로운 삶을 누리고 살고 있는 것이다.

이렇게 우리나라 사회가 급변하는 가운데 우리 신앙생활은 어떠한 모습으로 변했을까? 혹시 그동안 우리 믿음의 선배들이 피 흘려 쌓아 놓은 믿음의 유산을 소홀히 한 적은 없을까? 심각하게 돌아 볼 때가 되지 않았나 싶다. 이 마지막 혼란의 시대를 살아가는 그리스도인들에게 이전 시대와는 차원이 다른 영적 문화적 시험과 유혹의 환경 속에서 살고 있음을 부인할 수 없다.

사람들의 생활에 직간접적으로 많은 영향을 끼칠 수 있는 종교나 대중적인 예술 문화 분야도 일부이긴 하지만 그 순수성도 예전같이 않아 보인다. 요즈음 미성년 자녀들도 쉽게 접근할 수 있는 인터넷 등 영상 매체들 안에 가득한 매우 자유롭고 자극적인 영상들의 타락성은 마치 세상의 끝을 보는 듯하다. 혹시 내 시각이 잘못 되었는지 모르겠지만 때론 두려움마저 들 때도 많다. 영적으로 매우 혼란한 시대임을 잘 드러내 준다.

다시 말씀으로 기도로 돌아가자 하나님의 사람들이여 선한 싸움을 위해 깨어 일어나자.

마지막 때의 징조들

예수님께서 세상에 계실 때, 마지막 때에 일어날 징조를 말씀해 주시고 항상 그날을 준비하며 그에 합당한 삶을 살 것을 말씀해 주셨다. 오늘날 우리가 살아가는 이 세상은 어떠한가? 나의 삶은 어떠한가? 주님의 오심을 준비하며 그에 합당한 삶을 살고 있는가? 요즈음 이 세상을 바라볼 때 오늘 하루하루가 마지막 때임을 온몸으로 실감하고 있음을 숨길 수가 없다. 갈수록 인간의 존엄은 무너지고 거짓과 불법은 심해지고 사랑과 인정은 메말라 가고 여기에다 심각한 자연재해 국가 간 민족 간의 전쟁 새로운 질병의 발생 악한 세력들의 활동과 영적 혼란은 이제 더 이상 갈 곳이 없는 말세지 말임을 느끼게 한다.

내일은 또 어떤 일이 일어날지 예측불가능의 시대, 점점 혼란스럽고 불안한 이 시대를 살아가고 있는 사람들은 마치 가던 길을 잃어버리고 방황하며 얼굴엔 긴장이 가득하고 입에는 한숨소리로 가득한 것 같다. 사람들은 이 시대를 4차 산업 혁명의 시대라고 부를 만큼 놀랍도록 발전된 세상이다. 그러나 그 발전된 힘으로도 해결할 수 없는 크고 어려운 문제들이 많음은 이 시대를 살아가는 모든 사람들에게 큰 불안과 위험이 되고 있다.

성경 신약전서 마태복음에서 세상 끝에 일어날 징조들에 대하여 구체적으로 말씀하고 있다. 그 말씀 중에서 "많은 사람의 사랑이 식어질 것"이라고 경고한 말씀은 가슴 떨리고 충격적인 말씀이 아닐 수 없다. 사실 인간 사회는 아무리 법이 있다 해도 사랑이 있기 때문에 그 법도 지키고 그래서 사회나 공동체가 유지되고 살아갈 수 있는데 사랑이 식어지면 그곳에 무슨 일이 일어나겠는가?

우리는 지금도 이러한 현상들을 수없이 보고 있지 않는가. 지금은 믿지 않는 사람들도 말세가 되었다고 한탄하듯 말한다. 오늘 우리는 이 위기의 시대를 살아가고 있는 이 시대의 주인이다. 지난 역사가 어떻든 오는 미래가 어떻든 오늘의 문제는 오늘을 사는 우리들이 해결해야 할 과제이다. 그래서 이제부터라도 우리 후손들이 살아가는 데 더 어려운 위기와 위험을 물려주지 않도록 최선을 다해야 할 것이다. 사람이 살면서 항상 위험과 위기를 느끼고 산다면 어떻게 행복한 삶을 누릴 수 있겠는가.

제자들도 놀란 말씀

　예수님께서 세상에서 말씀을 전파하실 때 사회의 법칙이나 상식에 반하거나 초월한 말씀을 하시면서 당시의 종교계나 정치 사회에 많은 깨우침과 회개를 촉구하는 일이 더러 있었던 것 같다. 그중에도 대부분의 기독교인들이 잘 아는 돈 많은 부자에 대한 이야기도 있어 다시 한번 나누어 보고자 한다. 이유는 그때 예수님으로부터 이 이야기를 다 듣고 난후 제자들의 반응이 큰 충격을 받았다고 하기 때문이다.

　"재물이 있는 자는 하나님 나라에 들어가기가 심히 어렵다"고 말씀하실 때 제자들이 놀라고 또 "약대가 바늘귀로 나가는 것이 부자가 천국에 들어간 것보다 쉽다"라는 말씀하실 때 제자들은 심히 놀랐다(마가복음 10장 23~25절)고 기록하고 있다. 이렇게 놀라는 제자들을 보시고 예수님께서 결정적인 말씀을 하신다. 사람으로서는 할 수 없으되 하나님으로서는 다 하실 수 있다(마가복음 10장 27절)고. 그리고 이 말씀을 듣는 베드로는 우리가 모든 것을 버리고 주를 쫓았나이다라고 고백한다.

오늘날 우리는 어떻게 반응하고 살아가는가.

예수께서 둘러보시고 제자들에게 이르시되 재물이 있는 자는 하나님의 나라에 들어가기가 심히 어렵도다 하시니, 제자들이 그 말씀에 놀라는지라 예수께서 다시 대답하여 가라사대 애들아 하나님의 나라에 들어가기가 어떻게 어려운지, 약대가 바늘귀로 나가는 것이 부자가 하나님의 나라에 들어가는 것보다 쉬우니라 하신대

제자들이 심히 놀라 서로 말하되 그런즉 누가 구원을 얻을 수 있는가 하니, 예수께서 저희를 보시며 가라사대 사람으로는 할 수 없으되 하나님으로는 그렇지 아니하니 하나님으로서는 다 하실 수 있느니라

베드로가 여짜와 가로되 보소서 우리가 모든 것을 버리고 주를 좇았나이다

예수께서 가라사대 내가 진실로 너희에게 이르노니 나와 및 복음을 위하여 집이나 형제나 자매나 어미나 아비나 자식이나 전토를 버린 자는 금세에 있어 집과 형제와 자매와 모친과 자식과 전토를 백 배나 받되 핍박을 겸하여 받고 내세에 영생을 받지 못할 자가 없느니라

(마가복음 10장 23~30절. 개역한글. 성경전서. 대한성서공회)

우리가 어찌할꼬

 2020년 온 세상은 코로나19 질병과 함께 시작했다. 온 인류는 이 코로나19로 두려움과 불안으로 마치 역사가 중단된 듯한 심각한 상황으로 내 몰리고 있을 때, 미얀마 아프카니스탄 국가에서는 내전이 발생하고, 절대로 발생해서는 안될 러시아와 우크라이나 국가 간 전쟁이 일어나고 말았다. 이를 계기로 강대국들 간에는 군사적 경제적 극한 대결로 세계 3차 전쟁이라도 발생할 것 같은 분위기다.

 전쟁은 전쟁으로 무기는 무기의 대결로 결코 안전과 평화를 이룰 수 없다. 오직 이해와 사랑만이 이 불안과 혼란과 두려움의 세상을 극복할 수 있음을 절감하고 있다. 그럼에도 전 세계 지구촌은 점점 더 자기 국가 자기 민족 보호의 시대로 흐르고 있다.
 점점 치사율이 높은 희귀한 질병들은 지구촌 곳곳에서 더 빈번하고 강력하게 나타나고 지구촌 곳곳에서 발생한 강력한 지진 태풍 홍수 등 사태로 인한 위협은 자연환경의 한계를 온몸으로 겪고 있는 것 같다.

코로나19 발생 이후 3년이 다 된 지금까지 어른들은 물론 말도 못하는 갓난 애기들까지 코와 입에 마스크를 쓰고 살고 있다. 사람 만나는 것, 함께 맛있는 음식 먹고 이야기 하는 것은 가급적 하지 않는 것이 이젠 예절처럼 되었다. 밥만 먹으면 이웃 친구들과 함께 아무 데서나 마음껏 뛰놀고 뒹굴며 살았던 우리가 어쩌다 이렇게까지 살벌한 세상에서 숨조차도 자유롭게 쉴 수 없이 살아야 하는지 세삼 느끼지 않을 수 없다.

누가 이 고통의 때를 피할 수 있겠는가? 요즈음 많은 사람들은 그나마 우리 세대는 이렇게 살았는데 앞으로 우리 자식들은 어떻게 살아갈지 걱정이라고 한결같은 얘기들을 한다.

앞으로도 이보다 더 험한 세상이 올지 누가 알겠는가?

이제는 "우리가 어찌할꼬"(사도행전 2장 37절) 하나님 앞에 엎드려야 할 때가 아닌가 싶다.

그리하면 살리라

선교사님 죄송합니다

평생 동안 어려운 선교지에서 사역하다. 머리가 하얗게 되어 은퇴를 하거나 또는 국내에서 선교사역을 하거나 또는 자신이나 가족 중 건강 치료 등 위급한 사정으로 입국하여 국내에 거주한 대부분의 선교사들의 거주 환경은 매우 열악한 상태입니다. 어떤 경우는 임시 거주할 공간조차 없어서 많은 어려움을 겪는 경우도 허다합니다.

한국이라고 다 그런 것은 아니지만 그래도 예전에 비하면 호텔 같은 아파트에서 호화롭고 풍요로운 삶을 살면서도 오히려 타 문화권에서 희생하고 수고한 선교사들은 왜 이렇게 살아야 하는지 괴리감이 들 때가 많습니다. 비록 집뿐이겠습니까? 성도들조차도 아무런 양심의 가책 없이 함부로 음식물을 낭비하듯 남기고 버립니다. 국가적으로 이 남은 음식 처리 비용만 해도 엄청나다고 합니다. 우리가 선교사들이나 선교 현지의 사정을 생각한다면 한번 생각해 봐야 할 문제인 것 같습니다.

우리의 자녀들은 한국의 익숙한 문화와 환경 속에서 친구들과 마음껏 즐거운 학교생활을 보냅니다. 또한 계절 따라 마음껏 먹고 입고 부모님과 함께 안전한 생활을 누리고 살아갑니다. 얼마나 감사하고 다행인지 모릅니다. 그러나 선교사 자녀들은 이 모든 것을 포기하고 이상한 나라 같은 이방의 땅에서 때때로 외로움과 갈등을 겪으며 살아갑니다. 때로는 마음 놓고 마실 수 있는 물조차 구하기 어려운 나라에서 현지인들과 더불어 살아갑니다. 그뿐 아니라 이곳저곳 돌아다니느라 학교를 제대로 다니지 못해 진학과 미래에 많은 어려움을 겪는 선교사 자녀들을 볼 때 너무 미안하고 부끄럽기도 합니다.

우리는 이곳에서 몸에 조금만 열이 나고 소화만 안 되도 가까운 약국이나 병의원에 가서 치료를 받습니다. 그러나 의료시설이 없는 지역이나 의료 시설이 있어도 너무 열악하여 간단한 시술조차도 받기 불안한 선교지에서 위급한 때가 한두 번이 아니지요. 때로는 고국에서 사랑하는 부모님이나 가족이 돌아가셨는데도 올 수 없어 안타까울 때도 많지요.

2022년 한여름 무더운 8월 초순 갑자기 서울 경기 일부지역에 110년 만의 폭우라 할 만큼 물난리가 나서 곳곳에 큰 피해가 발생했습니다. 그중에 서울에서 반지하에 살던 한 가족이 갑자기 불어난 물을 피하지 못하고 사망했다는 뉴스를 보았습니다. 저희가 아는 선교사 몇 가족도 반 지하에서 사는데 이번 수해로 침대 등 가구들이 다 침수되어 며칠째 복구 중이라고 합니다. 안타까운 소식을 듣고 많은 생각이 스칩니다. 왠지 참 슬프다.

그 세대 다른 세대

오늘날 한국 교회에서 다음세대인 어린이 청소년 젊은이들이 급속히 줄어들고 있다고 한다. 숫자만 줄어든 것이 아니라 신앙생활도 옛날 같지 않다며 교계에서는 많은 걱정을 한다. 이 다음세대는 바로 대한민국의 미래요 한국교회의 미래요 세계의 미래이기 때문이다.

하나님은 모세를 통해 이스라엘 민족의 출애굽 이후 광야에서 태어난 자녀들을 향해 강력한 도전의 말씀을 선포하신다.

곧 너와 네 아들과 네 손자로 평생에 네 하나님 여호와를 경외하며 내가 너희에게 명한 그 모든 규례와 명령을 지키게 하기 위한 것이며 또 네 날을 장구케 하기 위한 것이라

(신명기 6장 2절. 개역한글판. 성경전서. 대한성서공회)

이 자녀들은 부모 세대들이 출애굽하기 위하여 하나님께서 모세를 통하여 바로에게 행하신 10가지 재앙이나, 홍해바다 한 가운데 마른 길을 만들어 건너가게 하신 놀라운 기적의 역사를 직접 경험

하지 못한 후손들이다. 이 다음세대들은 과연 어떻게 선조들의 그 신앙을 계승할 수 있을까? 이는 기독교 역사 100년을 지나는 한국교회와 선배세대인 우리 자신과 다음세대인 바로 오늘 우리 자녀들에게도 현실적인 도전이기도 하다.

오늘 우리들이 어떻게 신앙생활을 하고 있느냐는 앞으로 우리 자녀들이 어떻게 살 것인가를 결정하고 도전하는 산 교육이라 할 수 있다.

너는 마음을 다하고 성품을 다하고 힘을 다하여 네 하나님 여호와를 사랑하라

오늘날 내가 네게 명하는 이 말씀을 너는 마음에 새기고

네 자녀에게 부지런히 가르치며 집에 앉았을 때에든지 길에 행할 때에든지 누웠을 때에든지 일어날 때에든지 이 말씀을 강론할 것이며

너는 또 그것을 네 손목에 매어 기호를 삼으며 네 미간에 붙여 표를 삼고

또 네 집 문설주와 바깥 문에 기록할찌니라

(신명기 6장 5절~9절. 개역한글판. 성경전서. 대한성서공회)

너희 목마른 자들아

물은 생명의 근원이라 할 수 있다. 생물체는 물을 섭취해야 살 수 있고 성장할 수 있다.

사람의 생명도 그렇다. 만일 하루만 물을 마시지 않아도 몸의 이상이 나타나기도 하고 위험한 상태가 될 수도 있다. 그렇다. 물은 생명을 유지하고 성장하는 데뿐 아니라 우리의 일상생활에도 가장 필요한 요소 중의 하나다. 물은 동식물의 모든 생명체가 다 마시고 씻고 음식을 만들고 식물을 자라게 하고 농사를 지을 수 있다. 물이 없는 곳에는 인간이든 동물이든 식물이든 살 수가 없다.

오늘도 목이 마릅니까?

너희 목마른 자들아 물로 나아오라

돈 없는 자도 오라 너희는 와서 사 먹되 돈 없이 값없이 와서 포도주와 젖을 사라

너희가 어찌하여 양식 아닌 것을 위하여 은을 달아 주며 배부르게 못할 것을 위하여 수고하느냐 나를 청종하라 그리하면 너희가 좋은 것을 먹을 것이며 너희 마음이 기름진 것으로 즐거움을 얻으리라

너희는 귀를 기울이고 내게 나아와 들으라 그리하면 너희 영혼이 살리라 내가 너희에게 영원한 언약을 세우리니 곧 다윗에게 허락한 확실한 은혜니라

(이사야 55장 1절~3절. 개역한글. 대한성서공회)

내 인생의 결론은

　내 인생은 나의 것이 아니었습니다.

　인생은 누구도 자기 마음대로 이 세상에 올 수 없습니다. 자기 마음대로 부모나 환경이나 국가 민족을 선택하여 태어나지 못합니다. 또한 이 세상에 태어나서도 자기 인생이지만 자기 마음대로 자기의 연한을 정하여 살지 못합니다. 아무리 세계적인 부자라도 아무리 이 세상 권력을 다 가진 자라도 병들지 않고 늙지 않고 염려 근심 없이 일백년을 살기란 쉽지 않습니다. 또한 이 땅에서 죽지 않을 사람은 아무도 없습니다. 그 죽음조차도 자기 스스로 선택할 수 없습니다. 이 세상에서 자기 육신이 끝나는 날에도 자기 가족이나 이웃의 크나큰 도움을 받아야만 그나마 땅에 묻힐 수 있습니다. 내 인생은 나의 것이 아닙니다. 다 주의 것입니다.

　내 인생의 결론은 여호와 하나님입니다.

　내 일생의 모든 시간은 하나님께서 주신 시간입니다. 내가 살아가는 모든 공간도 환경도 다 하나님께서 주신 하나님의 것입니다. 내 것은 아무것도 없습니다. 이 땅에 살면서 잠시 사용하고 살다가 때가 되면 그대로 놓고 떠나야 합니다. 이 순리를 벗어날 인생은 없습니다. 내 인생의 시작은 당연히 여호와 하나님이요 내 인생의 과정도 여호와 하나님이요, 내 인생의 결론도 당연히 여호와 하나님입니다. 인생이 하나님만을 경배함이 마땅합니다. 주여 이 세상 사는 동안 성령께서 저희 삶의 모든 것을 주장하여 주옵소서.

내 인생의 결론은 예수그리스도입니다.

이는 예수를 믿느냐 믿지 않느냐 문제입니다. 이는 천국이냐 지옥이냐의 절박한 문제입니다. 예수를 믿고 천국에서 영원히 사느냐 예수를 믿지 않고 지옥에서 영원히 사느냐 선택의 문제입니다. 예수님은 죄악으로 가득한 이 세상을 심판하시려고 오시지 않았습니다. 온 세상을 구원하시려고 오셨습니다. 이것이 십자가 복음입니다. 예수님의 사랑입니다. 온 인류를 한 영혼도 심판 받지 않고 다 예수 믿고 구원받기 위해 그렇게 십자가에서 피 흘려 죽으시고 삼 일만에 부활하셨습니다. 그리고 하나님의 때가 되면 약속하신 대로 구름 타시고 다시 오실 것입니다.

하나님이 세상을 이처럼 사랑하사 독생자를 주셨으니 이는 저를 믿는 자마다 멸망치 않고 영생을 얻게 하려 하심이니라. 하나님이 그 아들을 세상에 보내신 것은 세상을 심판하려 하심이 아니요 저로 말미암아 세상이 구원을 받게 하려 하심이라

(요한복음 3장 16~17절. 개역한글. 성경전서. 대한성서공회)

다윗의 유언

하나님은 영원하시다. 하나님께서 만드신 하늘과 땅도 바다도 여전한데 살아온 세월을 뒤돌아보면 인생은 지극히 순간적인 것 같다. 며칠 전 보이던 사람이 어느 날부터 보이지 않은 때도 있다. 그렇다. 당신도 나도 그 누구라도 자기의 모든 것을 남겨 두고 언제든지 떠날 수 있다. 일평생 생사고락을 함께하며 살았던 사람이 어느 날 떠나 버린 그 슬픔과 허전함은 어떻게 말 할 수 있으리요.

한평생 자기의 모든 것을 다하여 열심히 살았던 이 세상을 떠나면서 나는 이렇게 살고 간다고 어떤 모습이나 흔적을 남길 수 있을까? 또 나 떠난 후에도 계속 세상에 남아 살아갈 사랑하는 자식들과 가족에게 무슨 말을 남길 수 있을까.

다윗 왕이 세상을 떠나면서 그 아들 솔로몬에게 남긴 유언의 말씀이다.

다윗이 죽을 날이 임박하매 그 아들 솔로몬에게 명하여 가로되

내가 이제 세상 모든 사람의 가는 길로 가게 되었노니 너는 힘써 대장부가 되고

네 하나님 여호와의 명을 지켜 그 길로 행하여 그 법률과 계명과 율례와 증거를 모세의 율법에 기록된 대로 지키라 그리하면 네가 무릇 무엇을 하든지 어디로 가든지 형통할찌라

여호와께서 내 일에 대하여 말씀하시기를 만일 네 자손이 그 길을 삼가 마음을 다하고 성품을 다하여 진실히 내 앞에서 행하면 이스라엘 왕위에 오를 사람이 네게서 끊어지지 아니하리라 하신 말씀을 확실히 이루게 하시리라

(열왕기상 2장 1~4절. 개역한글. 성경전서. 대한성서공회)

정자 몽돌 밤바다 기도회

2022년 11월의 늦가을은 모처럼 매우 특별한 계절이었다.

주여 좋은 날씨를 주옵소서. 그동안 간절히 기도했던 우리에게 최고의 선물로 응답해 주신 하나님께 감사 기도를 드리지 않을 수 없다. 2022년 11월 조금은 쌀쌀한 늦가을이지만 한없이 푸르고 드높은 가을 하늘과 아무리 봐도 신기한 이 크고 광대한 바다를 배경으로 우리들의 기도의 장으로 쉼의 장으로 마음껏 누리고 사용케 하신 주님의 은혜가 파도처럼 밀려 왔다.

한국 WEC 본부나 전국지부 행사가 있을 때마다 행사 장소를 향해 떠날 준비만 했던 우리가 이번에는 반대로 전국에서 오는 지부 동역자들을 맞이하고 준비를 해야 하는 입장이 되었다. 일정이 다가올수록 전국지부 동역자를 만난다는 기다림과 설렘으로 들뜬 마음이 더해졌다. 이 기다림은 그동안 우리가 한국 WEC 국제선교회 지부사역자라는 관계 속에서 오랫동안 함께해 온 동역자 의식과 정이 아닌가 생각된다.

무엇보다 주말에 전국에서 오시기 때문에 날씨와 교통편, 건강과 안전을 지켜 주시도록 기도가 간절했다. 또한 준비하는 저희에게도 예수님의 사랑으로 이 행사를 감당할 수 있도록 힘과 지혜를 주옵소서. 기도할 때마다 기쁨과 감사의 마음을 주셨다.

2022년 11월 4일 (금) 늦은 가을 오후 울산강남교회에서 우리들은 반갑게 만났다. 서로 인사말을 건네기도 전에 손잡고 껴안고 뜨거운 인사를 나누었다. 우리는 다소 촌스러운 오리탕 누룽지 식사를 나누고 울산강남교회 2층 비전홀에 모여 오늘 이곳까지 인도해 주신 우리 하나님 아버지께 만남의 감사예배를 드렸다. WEC울산지부 이사로 섬기신 정병원 목사께서 출애굽기 15:22~26. 본문으로 '쓴물을 단물로'라는 제목으로 은혜의 말씀을 전해 주셨다.

이미 어두움이 깊어가는 다소 쌀쌀한 밤바다, 동해의 남쪽 울산 정자 바닷가에 쉬지 않고 밀려오는 하얀 파도는 그동안 우리들을 손꼽아 기다렸다는 듯이 반겨주었다. 끝을 알 수 없는 저 멀리 수평선 너머에서 쏘아올린 파란 조명 빛으로 우리 일행을 크게 환영해 주었다.

밤10시가 지난 시간, 하늘과 바다가 하나가 된 듯한 캄캄한 밤 우리는 비장한 모습으로 파도소리 요란한 정자 밤 바닷가에 둘러서서 파도소리를 기도회 반주로 삼아 울산도시를 위해 WEC를 위해 그리고 전국지부와 본부의 기도제목을 나누며 정자 바다가 깜짝 놀라도록 마음껏 부르짖어 기도했다. 어느 지부장은 이 기도회를 몽돌 바닷가 철야 기도회라고 명명해 주기도 했다.

이번 행사의 컨셉은 바다였다. 바닷가에서 잠자고 바닷가에서 기도하고 바다 공원을 산책하고 바닷가에서 헤어졌다. 다음날 동이 트는 새벽 아침 동해바다는 하늘과 바다에 붉은 물감을 쏟아 부은 듯 눈부신 해오름의 황홀함은 우리 모두에게 감동을 선물해 주었고, 대왕암 공원의 출렁다리와 공원을 산책으로 아쉬운 바닷가의 일정을 마무리하였다.

울산광역시는 인구 112만여 명의 도시로 국내 최대 공업도시이다. 종교적인 면에서는 전통적으로 불교가 강한 지역이다. 지리적으로 보면 알 수 있듯이 부산 양상 울산 경주 대구를 잇는 우리나라 불교 권역의 한 중심에 자리하고 있는 지역이다. 이 지역의 사회 문화는 물론이요 당연히 일상생활에까지 불교가 큰 영향을 미치고 있다고 할 수 있다.

이 외에도 울산은 산업시설에 관련한 인구구조를 이루고 있고 이로 인한 경제적인 부유함은 누리고 살지만 그에 비해 문화 예술 종교 등 분야는 비교적 열악한 도시이다.

선교지 같은 울산 땅에서 언제 또 이런 전국지부 동역자들이 함께 모여 기도할 기회가 있을지 모르는데, 이번 기회에 함께 부르짖고 기도한 "몽돌 밤바다 철야 기도회"는 특별하고 의미 있는 기도시간이 아니었나 싶다.

다들 떠나고 보니 저희의 부족함이 많이 보인다. 여러분의 이해와 사랑에 머리를 숙인다.

주님을 찬양합니다.

그리하면 살리라

정신 찾기

이 글은 저희가 22년 전 울산동광학교(당시 교장 이천우. 울산시 북구 양정동 525-6)에서 3년간 교사로 봉사할 때 학교 교지〈'등불-2000' 24호. 2000년 2월〉교사 칼럼에 실린 글이다.

우리가 어렸을 때 비하면 지금은 경제적으로 대단히 발전된 시대에 살고 있다. 우리의 유년시절에는 뒷산에 올라가 봄에는 소나무 껍질도 벗겨 먹고 나물이나 식물뿌리 나무 열매를 따먹기도 하고 바닷가 해초나 고기를 잡아 끼니를 때운 적도 많았다. 하물며 우리 부모님들 조상들이야 상상할 수 있을까? 그때는 자식들 많이 낳고 부모님 조부모님까지 모셔가며 한 많은 인생을 살았다. 그렇게 고단한 삶을 살아가면서도 상식과 양심을 지켜 인간된 도리를 다하려 했고 이웃과 조상을 섬기면서도 국가와 사회를 먼저 생각하는 "사람됨"을 잃지 않기 위해 버릴 것과 지킬 것을 가려가며 인간된 도리를 다하려고 애썼다.

국가적으로는 국가로서의 기반을 갖추기도 전에 주변 강대국들의 일방적인 침략과 약탈로 하루도 편하게 발 뻗고 잠잘 수 없는 굴욕적인 역사를 온몸으로 겪으며 살아야 했다. 36년간이라는 한 세대를 아무 이유도 없이 우리의 이름과 성까지 빼앗고 생명처럼 소중히 여기던 꽃다운 어린 여성들까지 일본인들에게 유린당했던 슬픈 역사는 바로 우리의 어머니 할머니들의 한 서린 이야기이다. 그러나 우리 선조들은 풍전등화처럼 끊어질 듯한 역사 중에도 죽지 않고 활화산처럼 살아나 이 나라 역사를 잇고 묶어서 오늘날 세계 속에 당당한 국가를 이루어 우리 후손들에게 물려주셨다. 그렇다면 그 힘의 원천은 무엇일까?

많은 이유가 있겠지만 그중에도 당연히 우리 조상들의 〈정신〉이라고 말하고 싶다. 죽어 가면서도 살아야 한다. 꼭 살아서 하다 남은 역사를 다해야 한다고 대쪽같이 곧은 정신을 불태우며 일어섰던 우리 선인들의 불굴의 강한 〈정신〉이 아닌가 생각한다, 나는 죽어도 아깝지 않다. 내 자식 심지어는 자기 부모님까지도 뒤로하고 나라와 민족을 지키기 위해 전장으로 혹은 독립군으로 용감하게 한 목숨을 던졌던 그 숭고한 희생 〈정신〉이다.

이렇게 우리 조상들이 수천 년을 지켜 온 우리 민족의 뿌리를 이제는 우리 후손들이 더욱 더 가슴에 품고 지켜야 한다. 앞으로 21세기 국제화시대 정보화시대 첨단기계 산업화 시대의 이기적이고 물질만능 시대에서 더욱 더 우리 선진들의 소중한 희생정신과 위대한 민족의 얼을 잘 지켜 계승해야 할 것이다. 21세기 미래의 세상은 거대한 파도처럼 밀려오는 속도감과 편리함 즐거움을 추구하는 대중 문화에 묻혀 정작 소중하게 지키고 간직해야 할 우리의 소중한 정신과 전통문화는 소홀히 되지 않을까 하는 우려감도 없지는 않다.

온 세계의 모든 민족과 국가들이 왜 그렇게 자기의 문화를 지키며 살려고 하는가? 그것은 자기민족의 정체성이요 정신이기 때문이다. 자기의 문화와 정신이 살아 있다는 것은 자기의 존재가 살아 있다는 증거이기도 하다.

인간에게서 정신을 빼놓고 무엇을 말할 수 있겠는가? 생명의 존귀함은 정신에 있다고 해도 과언은 아니다. 그 사람이 어떤 사람인가는 그 사람의 정신을 보면 안다. 또 그 나라 그 민족이 어떠한가는 그 나라나 그 민족의 정신을 보면 알 수 있다. 이렇듯 그 정신이 그 주인의 인생이요 정체성이 되기도 한다.

요즈음 우리 사회 가정 학교 정치 등 많은 분야에서 우리 조상들의 아름답고 소중한 정신들이 많이 훼손되고 사라진 것 같다. 오늘까지 우리 민족이 하나의 공동체로 응집할 수 있었던 힘은 〈정신〉이다. 정신만큼 강한 무기는 없을 것이다. 새로운 미래를 개척하고 발전시키는 것도 정신이다. 현재의 어려움을 이기고 극복하는 것도

〈정신〉이다. 지금 우리 사회 곳곳에 필요한 것은 지혜롭고 정직하고 강인하고 품위를 자존심처럼 지키며 살았던 그 〈정신〉이다.

21세기를 맞이하는 특히 국제화 경쟁 시대에서 우리나라 우리 민족이 온 세계에 가장 잘할 수 있는 분야가 바로 우리 민족의 정신이요, 정체성을 잘 드러낸 우리의 전통이요, 문화이다.

아무리 국제 간 경쟁이 치열하고 살기가 어려워지고 힘들어도 정신이 살아 있으면 살 수 있다.

우리 속담에 호랑이가 물어가도 정신만 차리면 산다는 말이 있다.

다 같이 정신 차리자.

어르신께 드리는 편지

〈낮은 둥지 공동체〉 봉사일기

이 글을 쓴 것조차 까마득 잊고 있었는데 2020년 5월 어느 날 우연히 인터넷에서 이 글을 보았다. 20여 년 전 이 공동체에서 일주일에 한 번 정도 자원봉사자로 섬긴 적이 있는데 당시 어버이를 위한 어떤 행사 때 이 공동체의 부탁으로 이 글을 써서 낭독한 것 같다. 2003년 8월 3일 '낮은 둥지 공동체'에서 카페에 올려놓은 글이 아직 인터넷에 남아 있는 것 같다.

〈낮은 둥지 공동체〉 봉사일기

당신들은 우리들의 둥지입니다!

살아온 긴긴 세월, 검고 검은 머리가 하얗고 하얀 세월이 되었습니다.

한평생 자신 돌볼 틈도 없이 자식을 위하여 또 가정을 일구어 오신 당신들의 헌신 앞에 머리를 숙입니다.

척박하게 살아온 당신들의 한숨과 눈물의 역사는 온 얼굴 주름의 깊은 골짜기마다 고여 있습니다.

자식 때문에, 가난 때문에 정작 자신의 몸은 허약해진 줄도 모르고 숨차게 살아오신 당신.

먹는 날보다 굶는 날이 많았던 가난의 세월, 남편마저 전쟁터에 보내고 아이들과 가난과 함께 보내야 했던 그 비참하고 불쌍한 사람들! 그 사람들이 바로 당신이었습니다.

당신들은 지금도 눈앞은 잘 안 보여도 수만 리 먼 곳에 사는 자식들 속마음 기분까지도 훤히 보고 계신 당신들의 뜨거운 그 사랑이 지금도 자식들을 그리고 이 세상을 지키고 계십니다.

당신들은 이 세상의 아버지이십니다.
그러나
당신들은 자식을 부모처럼 섬기시며, 자식의 종처럼 그렇게 사셨습니다.
당신들은 이 세상을 허리 굽혀 가장 낮은 모습으로 참고 섬기며 사셨습니다.
당신들이야말로 우리들의 영원한 부모님이십니다.
당신들의 일생이야말로 이 세상의 가장 위대한 위인전이십니다.

그리하면 살리라

자식인 우리는 당신들 앞에 이렇게나마 무릎을 꿇습니다.

우리가 사는 이 세상은 영원히 당신들 앞에 무릎을 꿇어야 함이 당연합니다.

그렇습니다.

우리가 이만큼이나마 누리며 살 수 있는 것은 당신들의 눈물과 피와 땀의 대가이며, 오늘의 당신들은 이렇게 연약해짐과 병든 몸만이 값으로 남았습니다.

수많은 자동차들이 아주 경주하듯 잘 다닌 저 길도 당신들의 역사가 있었기에 우리가 이렇게 편하게 다니고 있지 않습니까.

저 논도 밭도 당신들이 이른 새벽부터 밤늦게까지 땀으로 일구던 그 땅이 아닙니까.

여기 이 자리에 서 있는 우리도 당신들이 낳고 기르고 가르쳤던 당신들의 흔적입니다.

이 세상의 주인은 당신들입니다. 이 둥지의 주인도 당신들입니다.

우리가 당신들을 돌보는 것이 아니요, 당신들이 우리를 보살피고 계신 것입니다.

우리가 당신을 사랑함이 아니요, 당신들이 우리를 사랑으로 품고 계신 것입니다.

우리들의 그 어떤 섬김과 봉사가 당신들의 그 희생의 세월에 견줄 수가 있겠습니까.

부디 오래오래 건강하게 사세요. 당신들이 계시므로 낮은 둥지는 의미가 있답니다.

당신들이 계시는 둥지는 오순도순 아름다운 사랑의 꽃을 피우는 보금자리입니다.

당신은 우리들의 둥지입니다.

당신은 우리들의 낮은 둥지입니다.

우리 주님의 위로와 사랑으로 지어 만든 낮은 둥지입니다.

2003. 8. 3. 울산강남교회 마재영 장로(울산 임마누엘 기독서점)
《사랑하는 자들아》(좋은땅출판사) 318페이지에서 인용.

예수 사랑으로

이 어려운 시대를 어떻게 극복하며,
무엇으로 하나님의 나라를 이룰 수 있을까?

에배소 교회의 행위와 수고와 인내의 신앙을 칭찬하셨으나,
처음 사랑을 버린 것을 회개치 않으면 그 촛대를 옮기시겠다는 주
님의 말씀을 다시 묵상하며.

그동안 주님 앞에서 뜨거운 눈물 한 방울도 인색했던
나 자신을 돌아본다.

사랑 없는 기도를 용서해 주소서.
사랑 없는 예배를 용서해 주소서.
주님, 사랑 없는 경건을 용서해 주옵소서.

오직 주의 사랑으로 이 어려움을
이길 수 있게 하소서.

코로나바이러스가 창궐한

2020년 4월의 어느 새벽.

마재영, 〈한 컷 묵상〉, RUN-93호. 2020년 여름호 중에서.

《사랑하는 자들아》(좋은땅 출판사) 51페이지에서 인용.

영국 Hanover 교회 방문기

 2014년 가을 WEC국제선교회 영국본부를 방문하는 일정 중 런던 시 인근에 위치한 웨일즈 지방의 50여 가구가 모여 사는 한 마을의 하노버(Hanover) 교회에서 담당 목사님과 몇 분의 노인분들과 함께 주일 예배를 드리게 되었다. 400여 년의 역사를 가진 이 하노버 교회당 앞뜰에는 1866년 대동강에서 복음을 전하다 순교한 토마스 선교사의 묘가 그의 아버지 토마스 목사와 나란히 묻혀 있었고 다른 여러 성도들의 묘와 함께 자그마한 동산공원처럼 자리하고 있었다.

 토마스 선교사는 그의 아버지 로버트 토마스 목사님께서 이 교회를 담임(1847~1884년)하고 있는 동안 이곳에서 자라고 또 안수받고 선교사로 파송을 받았다고 한다. 온 세계를 향해 복음을 들고 두려움 없이 달렸던 하노버 교회가 지금은 노인 몇 분만 남아 이 교회를 지키고 있었는데, 지금은 교회당을 관리하고 운영하기도 매우 어려운 실정이라고 했다. 오늘날 영국 교회의 현실을 대변해 주는 것 같았다.

며칠 동안 런던, 옥스퍼드, 웨일즈 지역 기독교 유적지를 돌아보며 그동안 영국 구 교회 전통과 성직자 특권층만이 가지고 있던 성경을 세상에 알리기 위해 수많은 성도들이 박해와 고통을 받고 심지어 수십 명씩 수백 명씩 한곳에서 교수형과 화영을 당하고 죽음을 당했던 순교역사의 현장을 곳곳에서 볼 수 있었다.

성도들이 사라진 영국의 어떤 교회당은 다른 종교에 팔려 마치 십자가를 조롱이라도 하듯 교회당 지붕 위에 세워진 십자가를 그대로 둔 채 내부에는 우상들을 세워 사용하는 경우도 있었다. 어떤 교회의 건물은 술집이나 음식점과 같은 세속적 시설로 팔리는 경우도 많다고 한다.

비록 복음을 위해 한 세대의 눈물과 피 흘림의 순교가 있었다 할지라도 그 세대의 희생이 다음 세대의 신앙까지 지켜 주지 못한다는 역사를 보는 것 같았다.

어떻게 영국교회가 이렇게까지 쇠퇴할 수 있었을까? 교회가 무너지면 하나님께서는 무엇을 통해 영광을 받으실 것인가? 온 세상이 다 변해도 하나님의 교회만큼은 영원하리라는 나의 교회에 대한 지금까지의 인식에 큰 충격과 혼란을 받았다. 영국의 이런 교회 현실을 바라보신 하나님의 마음은 어떠실까?

요한계시록의 아시아 일곱 교회에게 하셨던 두 가지 말씀이 떠올랐다. '회개하라' 그리고 '귀 있는 자는 성령이 교회들에게 하신 말씀을 들을지어다' 영국 교회를 통해서 나는 복음의 능력이 회복되기를 그리고 교회가 세상 속에서 승리하게 되기를 위해 간절하게 기도하게 되었다. 이 세상 곳곳에서 예수님의 몸 된 교회가 다시 일어나고 승리하기를 믿으며 주님의 몸 되신 교회가 상하지 않도록 지켜나갈 것을 다짐했다.

〈RUN vol 71. 2015년 겨울호〉에서.
《사랑하는 자들아》(좋은땅 출판사) 318페이지에서 인용.

이 책을 읽는 분께

　이 책을 보시기까지 나름의 관심과 기대가 있었을지 모릅니다.
　저자가 대단한 인기 작가도 아니요, 특별한 분야의 전문가도 아닙니다.
　그저 평범한 한 기독교인이요, 시민입니다.
　그래서 한국의 평범한 한 시민이요, 한 기독교인의 인생이 책장마다 젖어 있을지 모릅니다.

　이 책의 기도 제목은 하나님의 말씀이 온 세상에 속히 전파되는 것입니다. 이것이 이 혼란의 시대와 오는 시대 그리고 우리 이웃과 온 세상 모든 민족이 사는 길이기 때문입니다.
　그래서 이 책의 이름도 《그리하면 살리라》입니다.

　이제 떨리고 아쉬운 마음으로 이 글을 접습니다.
　감사합니다. 사랑합니다.

　　　　　2022. 12. 18. (주일) 울산 태화강국가정원을 바라보며

그리하면 살리라

ⓒ 마재영, 2023

초판 1쇄 발행 2023년 2월 25일

지은이   마재영
펴낸이   이기봉
편집   좋은땅 편집팀
펴낸곳   도서출판 좋은땅
주소   서울특별시 마포구 양화로12길 26 지월드빌딩 (서교동 395-7)
전화   02)374-8616~7
팩스   02)374-8614
이메일   gworldbook@naver.com
홈페이지   www.g-world.co.kr

ISBN   979-11-388-1694-6 (03810)

＊ 본 도서에 인용한 성경구절은 대한성서공회에서 출판한 성경전서 개역한글판이다.